오셀로

한국셰익스피어학회 작품총서 023

오셀로
Othello

윌리엄 셰익스피어 지음
이영주 옮김

도서출판 ┃동인

발간사

지금까지 셰익스피어 작품에 대한 번역은 끊임없이 다양한 동기에 의해 진행되어 왔다. 초창기 셰익스피어 작품 번역은 일본어 번역을 우리말로 옮기는 작업이었다. 일본이 서구에 대한 수용을 활발한 번역을 통해서 시도하였기 때문에 일본어를 공부한 한국 학자들이 번역을 하는 데 용이했던 까닭이었다. 하지만 이 경우는 문학적인 차원에서 서구 문학의 상징적 존재인 셰익스피어를 문학적으로 소개하는 것이 목적이어서 문어체를 바탕으로 문장의 내포된 의미를 부연하게 되어 매우 복잡하고 부자연스러운 번역이 주조를 이루었던 것이 문제가 되었다.

그 다음 세대로서 영어에 능숙한 학자들이나 번역가들이 셰익스피어 번역에 참여하게 되었다. 셰익스피어 작품에 대한 수많은 주(note)를 참조하여 문학적 이해와 해석을 곁들인 번역은 작품의 깊이를 파악하는 데 많은 도움이 되었다고 볼 수 있다. 하지만 셰익스피어 작품을 무대에 올리는 배우들에게는 또 다른 문제가 생길 수밖에 없었다. 문학적 해석을 번역에 수용하는 문장은 구어체적인 생동감을 느낄 수 없었고, 호흡이 너무 길어 배우가 대사로 처리하기에 부적합하였다.

　　이런 문제점을 해결하기 위해서 번역가마다 각자 특별한 효과를 내도록 원서에서 느낄 수 있는 운율적 실험을 실시하기도 하였다. 그런 시도는 셰익스피어 번역에 새로운 분위기를 자아내었을 뿐 아니라 다양한 번역이 이루어져 나름의 의미가 있었다고 본다. 반면에 우리말을 영어식의 운율에 맞추는 식의 인위적 효과를 위해서 실험하는 것은 배우들이 대사 처리하기에 또 다른 부자연성을 느끼게 하였다.

　　한국에서 셰익스피어를 연구하는 학자들이 모이는 한국셰익스피어학회에서 셰익스피어 탄생 450주년을 기념하여 셰익스피어 전작에 대한 새로운 번역을 시도하기로 하였다. 우선 이번 번역은 셰익스피어 원서를 수준 높게 이해하는 학자들이 배우들의 무대 언어에 알맞은 번역을 한다는 점에서 차별성을 두고자 한다. 또한 신세대 학자들이 대거 참여하여 우리말을 현대적 감각에 맞게 구사하여 번역을 하자는 원칙을 정하였다.

　　시대가 바뀔 때마다 독자들의 언어가 달라지고 이에 부응하는 번역이 나와야 한다고 본다. 무대 위의 배우들과 현대 독자들의 언어감각에 맞는 번역이란 두 마리 토끼를 잡는 것은 그리 쉬운 일은 아니지만 매우 의미 있는 일일 것이다. 이번 한국 셰익스피어 학회가 공인하는 셰익스피어 전작 번역이 성공적으로 이루어지도록 뒷받침하는 도서출판 동인의 이성모 사장에게 심심한 감사의 뜻을 전하며 인문학의 부재의 시대에 새로운 인문학의 부활을 이루어내는 계기가 되리라 믿는다.

2014년 3월
한국셰익스피어학회 회장 박정근

옮긴이의 글

　우리나라에서 『오셀로』의 번역본이 처음 나온 것은 원작이 발표된 지 약 350년이 지난 후의 일이다. 1950년 최초의 『오셀로』 공연에서 사용된 오화섭의 번역대본이 그것인데, 이후 김재남(1964년), 신정옥(1989년), 강석주(2009년), 그리고 김미예(2012년) 등이 번역한 『오셀로』가 꾸준히 출판된다. 각각의 번역서는 역자에 따라 나름대로의 특색을 지니고 있으나 한결같이 원문의 의미를 충실히 살리기 위해 애를 쓴 흔적이 역력하다. 물론 초기의 번역서들은 아씨나 마님과 같이 요즘 시대에는 맞지 않는 부분이 있고 또 지나친 의역으로 인해 원문의 맛이 묻히는 경우도 있지만, 많은 경우 원문에 딱 맞아떨어지는 우리말 표현을 어떻게 찾아냈는지 감탄을 자아내게 한다. 이번 번역서 역시 무대에서 배우들의 언어 구사에 맞게, 그리고 현대적 감각에 맞게 번역을 한다는 셰익스피어학회의 기획 의도에 부합하면서도 최대한 원문을 살리기 위해 수정에 수정을 거듭했다.

　본격적인 번역작업에 앞서 어느 판본을 사용할 것인가를 결정해야 했는데, 셰익스피어의 생존 당시나 지금이나 일반적으로 많이 사용되는 제1이절판을 기본으로 삼되, 특별한 고민 없이 대학시절부터 애용한 아든(Arden) 판을 주로 참조했다. 판본은 어렵지 않게 결정했지만 그 다음부터는 어느 하나 쉬운 것이 없었다. 먼저 원본과 동일하게 행과 문장의 순서를 맞추려고 했지만, 역시나 어순이 다른 우리말이 너무 어색한 경우가 많았다. 할 수 없이 행은 가능한 맞추되 문장구조는 상황에 따라 바꿨다. 역자에 따라서는 운율까지 우리말의 3·4조나 7·5조에 맞추려고 시도했나본데, 나는 여러 차례 소리 내어 읽어가며 배우들의 혀가 꼬이지 않게 수정하는 것으로 대신했다.

쌍점(:)이나 쌍반점(;), 줄표(—)같은 문장 부호의 처리도 복병중의 하나였다. 이 경우 가능한 아든 판을 따르되 그에 연연하지 않고 사절판과 이절판의 차이를 모두 보여주고 있는 폴저(Folger) 판이나 뉴 캠브리지(New Cambridge) 판을 참조하여 임의대로 바꿨다. 또한 원문에는 없으나 독자들의 이해를 돕기 위해 대사에 덧붙일 필요가 있는 것은 각괄호([ ])를 사용하여 구별했다. 또 하나의 난제는 군대 용어였는데, 이 문제는 육군사관학교의 서동하 교수님의 조언을 받았다. 다만 5막 1장 71행에서 이아고가 카시오를 "brother"라고 부르는데, 이아고가 카시오보다 나이가 많은 것이 분명하지만 고민 끝에 직급을 고려하여 "형님"으로 번역을 했음을 밝혀두고자 한다.

『오셀로』를 비롯한 셰익스피어의 작품을 번역한 역자들은 대부분 고통과 기쁨이라는 이중적인 감정을 얘기한다. 나 역시 예외는 아니어서 번역은 피를 말린다는 통설을 절감해야 했던 부분도 많았지만, 그에 못지않게 생동감 넘치는 셰익스피어의 언어를 우리말로 옮기며 수혈이 되는 느낌도 받았다. 그리고 탈고를 앞둔 지금 나는 진흙 속에 핀 연꽃을 만난다. 셰익스피어는 진흙탕 같은 이아고의 악행을 통해 『오셀로』라는 비극의 꽃을 피워냈음을, 그리고 무차별 테러나 묻지 마 살인과 같은 사건들이 심심치 않게 전해지는 이 사회가 바로 그 진흙탕 같은 세계임을 새삼 깨달았으니까. 이제 모든 역자들의 바람이 그렇겠지만 나 역시 이번 번역서가 더 크고 향기로운 『오셀로』를 피워내는 징검다리 같은 역할이 되기를 바란다. 더불어 그동안 음으로 양으로 많은 도움을 주신 여러 분들께도 고마움을 전한다.

2016년 4월

이영주

| 차례 |

등장인물

오셀로	베니스 정부의 용병인 고귀한 무어인
브라반시오	베니스 원로원의 의원이며 데스데모나의 아버지
카시오	오셀로의 부관
이아고	오셀로의 기수
로더리고	베니스인 신사
베니스의 공작	
그 외 다른 원로원 의원들	
몬타노	싸이프러스 정부 내의 오셀로의 전임자
그라시아노	브라반시오의 동생
로도비코	브라반시오의 친척
광대, 오셀로의 하인	
데스데모나	브라반시오의 딸이며, 오셀로의 아내
에밀리아	이아고의 아내
비앙카	고급 매춘부
선원, 전령, 사자, 장교들, 신사들, 악사들, 그리고 수행원들	

1막

1장

이아고와 로더리고 등장

로더리고 거참, 다시는 그런 말 말게. 이거 원, 언짢아서.
이아고, 자네는 내 지갑을 자네 것인 양
쥐고 있었으면, 그 정도는 알고 있었어야지.

이아고 젠장, 내 말은 들어보려고 하지도 않으면서 그러시네.
내가 꿈에라도 그런 일이 있을 거라고 생각했다면,
날 혐오하세요.

로더리고 자네는 그자를 미워한다고 했었잖나.

이아고 그게 아니라면, 날 경멸하라구요. 장안의 내로라는 세도가 셋이,
날 그자의 부관으로 만들려고 개인적으로 청탁을 하며,
그자에게 여러 차례 머리를 조아렸었죠. 게다가 사실인즉,
난 내 값어치를 알고 있다구요. 난 그 정도 직책에는 자격이 충분
하다니까요.
하지만 그자는, 마치 자신의 자만심과 결단력을 즐기는 양,
전쟁용어를 잔뜩 써가며,
허세를 떨고 둘러대면서, 그분들을 피해 버렸다는 겁니다.
그러니 결론적으로,
날 위해 다리역할을 한 분들의 청을 거절했다는 거죠. 그자가 이
랬다는 거예요.
"제가 이미 부관을 정했습니다."

그런데 그게 누군지 아십니까?

글쎄 그게, 대단히 산수에 능한

마이클 카시오라는 자라니까요. 플로렌스 출신인데,   20

반반한 여편네 때문에 분명히 신세를 망칠 놈이죠.

전쟁터에서 부대를 배치해 본 적도 한 번 없고,

전투대형 편성이 뭔지도 모르는 놈인지라,

책에서 배운 이론을 빼면, 실을 잣는 아낙네보다 나을 게 없는데

　말이죠.

헌데 그런 거야 관복을 걸친 의원도   25

그놈만큼은 능란하게 제안할 수 있는 거죠. 그저 실전경험도 없

　이 입만 놀려대는 게

군인이라는 그놈이 가진 경력의 전부예요. 그런데 말이죠 선생,

　그놈이 뽑혔다니까요.

하지만 나로 말하면, 로더스[1]에서건, 싸이프러스[2]에서건, 그리고 그게

기독교의 땅이건 이교도의 땅이건, 다른 데서도

그자가 두 눈으로 직접 입증된 걸 봤으면서도 말이죠.   30

장부 정리나 할 저 산술가 놈 옆에서 그놈 그늘에 가려진 채 있어

　야 하다뇨.

내 원참, 그놈은 그자의 부관인데,

---

1. 에게 해 가장 동쪽 끝에 위치한 그리스의 섬으로, 제주도의 약 4분의 3 정도의 크기
　이며 그리스 본토보다는 터키의 소아시아 반도에 훨씬 가까움.
2. 지중해 동부에 있는 작은 섬으로 키프로스라고도 함. 미의 여신인 아프로디테
　(Aphrodite)의 출생지라는 전설이 있음.

헌데 난, 기가 막혀서, 그 장군 놈의 기수라니.

로더리고 하늘에 맹세코 나라면 그자의 목을 매달아 버렸을 걸세.

35 **이아고** 하지만 방법이 없잖습니까. 그게 바로 군생활의 저주죠.

진급은 추천과 기분으로 정해지니까요.

복무연한으로 되는 게 아니라구요.

후임이 선임자를 이어 받는 거 말이죠. 자 선생, 스스로 판단을

좀 해보십쇼.

어느 모로 보나 내가 그 무어놈을 좋아할 상황인지 아닌지 말이죠.

40 **로더리고** 그렇다면 난 그자를 따르지 않을 걸세.

이아고 아, 선생, 걱정 마세요.

난 그자에게 앙갚음을 해주려고 그자를 따르는 거니까요.

우리 모두가 주인이 될 수는 없는 거고, 또 모든 주인이

진심어린 섬김을 받을 수 있는 것도 아니죠. 선생은

45 충성스럽게 굽실거리는 악당들을 많이 볼 겁니다.

그자들은 자기 자신의 노예 같은 비굴한 삶에 홀딱 빠져서는

마치 주인집 당나귀마냥 시간을 허비하지만,

얻는 건 여물밖에 없죠. 그리고 늙으면, 쫓겨나는 거구요.

젠장, 그런 정직한 놈들은 대체 뭔지! 물론 다른 놈들도 있죠.

50 겉으론 그런 척, 충성스런 얼굴을 하고 있지만,

속으론 자기 실속만 챙기는 것들 말이죠.

게다가 그런 자들은 주인을 섬기는 것처럼 보이지만,

실은 주인을 이용해서 성공을 한다니까요. 헌데 그자들은 제 주

머니를 채우고 나면,

자기 자신만을 섬기죠. 그런 자들이야말로 제정신이 박힌 자들이죠.

그리고 내가 바로 그런 사람이라고 공언하는 바입니다. 왜냐면

　말이죠 선생, 55

이건 선생이 로더리고인 것만큼이나 분명한 사실인데,

만일 내가 무어놈이라면, 난 이아고가 아닐 겁니다.

그자를 따르는 건, 그저 내 자신을 따르는 거라구요.

하늘은 아시겠지만, 난 애정이나 충성심으로 그러는 게 아니고,

그저 그렇게 보이는 것일 뿐이라구요. 내 특별한 목적을 위해서

　말이죠. 60

만일 겉으로 보이는 내 행동거지가

내 의도와 속내를

표면적으로 드러내 보인다면, 난 지체하지 않고

내 심장을 소매 끝에 매달아,

갈가마귀로 하여금 쪼아 먹게 할 겁니다. 겉으로 보이는 난 내가

　아니라니까요. 65

로더리고 그 입술 두꺼운 놈은 정말 운도 좋지!

그자가 그 일을 해낸다면 말이야.

이아고 그 여자 아버지를 불러내세요.

그 양반을 깨우고, 그자를 뒤쫓게 해서, 그자가 재미 보는 걸 망

　쳐버리라구요.

길거리에서 그자의 행실을 떠벌리고, 그 여자 친척들의 화를 돋

　우세요.

그리고 비록 그자가 뜨거운 첫날밤의 분위기에 빠져있겠지만, 70

파리 떼로 그자를 괴롭히라구요. 비록 그자가 좋아서 죽을 지경

  이겠지만,

  성가신 일을 만들어, 흥을 깨버리라구요.

로더리고 여기가 그 여자 아버지 집일세. 내가 큰소리로 불러보지.

이아고 그러시죠. 소름이 끼치는 어조로, 긴박하게 고함을 지르세요.

  마치 한밤중에 사람이 많은 도시에서 부주의로 인해

  불이난 걸 알게 됐을 때처럼 말이죠.

로더리고 어이 여보시오! 브라반시오, 브라반시오 의원님, 여보시오!

이아고 일어나세요! 어이 여보시오, 브라반시오! 도둑이야, 도둑, 도둑이야!

  의원님 댁을 좀 살펴보세요. 의원님 따님도, 의원님 돈 주머니도

  말이죠.

  도둑이야, 도둑!

           창문에 브라반시오 등장.

브라반시오 무슨 이유로 이리 긴박하게 불러대느냐?

  게 무슨 일이냐?

로더리고 의원님, 가족들이 모두 안에 계신가요?

이아고 문단속은 다 하셨는죠?

브라반시오 글쎄, 왜 그런 걸 묻는 게냐?

이아고 젠장, 어르신, 도둑이 들었어요. 망측스러우니 옷이나 걸치시죠.

  의원님께서는 심장이 터질 겁니다. 혼비백산하실 거예요.

  지금, 바로 지금, 늙고 시커먼 숫양이

  의원님의 하얀 암양을 덮치고 있으니, 일어나십시오. 일어나세요.

종을 울려서 곯아떨어진 시민들을 깨우세요.   90

그러지 않으면 그 악마가 의원님을 할아버지로 만들 겁니다.

일어나시라니까요.

브라반시오 뭐라? 네놈이 정신이 나간 것이냐?

로더리고 존경하는 의원님, 제 목소리를 아시겠습니까?

브라반시오 모르겠는데, 넌 누구냐?

로더리고 제 이름은 로더리고입니다.

브라반시오 더더욱 반길 수가 없군.   95

내가 우리 집 대문 근처에는 얼씬거리지도 말라고 명했거늘.

내가 솔직하고 분명하게 자네에게 내 딸을 줄 수 없다고

말한 걸 들었을 텐데. 그런데 지금 미친놈처럼

배불리 저녁을 먹고, 술까지 걸친 채

앙심어린 객기를 부리며, 날 찾아와   100

나의 평화를 방해해?

로더리고 어르신, 어르신, 어르신 —

브라반시오 더욱이 자네는 분명히 알아 둬야 할 걸세.

내 성격과 내 지위상 난 이 일에 대해 자네에게

대가를 치르게 할 만한 힘이 있다는 걸 말이지.

로더리고 진정하십시오, 존경하는 어르신.

브라반시오 아니, 도둑이 들었다는 겐가? 여기는 베니스라네.   105

우리집은 외딴 농가가 아닐세.

로더리고 참으로 점잖으신 브라반시오 의원님,

전 악의 없이 순수한 마음으로 의원님을 찾아왔습니다.

이아고 젠장, 어르신, 의원님께서는 악마가 시키기만 하면
하나님을 섬기지 않을 그런 분이시군요. 저희는 의원님을 도와드리러
왔건만, 저희를 불한당이라고 생각하시니 말이죠. 의원님께서는
북아프리카산 바르바리 말이 따님을 덮치도록 놔두시겠군요. 의
원님께서는
손자들이 말처럼 히힝 대며 울게 놔두시겠어요. 의원님께서는
경주용 준마를 친척으로 삼고, 스페인산 종마를 혈육으로 두시게
될 겁니다요.

브라반시오 저리 입이 건 네 놈은 누구냐?

이아고 저는요, 어르신, 따님과 무어인이, 지금 등짝이 둘인
짐승이 되고 있다고 의원님께 말씀을 드리러 온
사람입죠.

브라반시오 네놈은 악독한 놈이로구나.

이아고 어르신께서는 의원님이시구요.

브라반시오 이 일에 대해 자네는 책임을 지게 될 걸세. 난 자네를 알고
있네, 로더리고.

로더리고 의원님, 전 무엇이든 책임을 지겠습니다. 하지만 여쭙건대,
혹시 이게 의원님의 뜻이고, 또 아주 잘 알고 계시면서도 동의를 하
신 건지요.
(제가 좀 알아낸 바와 같이) 의원님의 아리따운 따님께서는,
이렇듯 야심하고 인적 없는 한밤중에,
변변찮은 시종 하나 없이,
천한 뱃사공의 배를 타고,

음탕한 무어놈의 추잡한 품속으로 갔다는 사실을 말입니다.

만일 그게 의원님께서 알고 계시고, 또 허락하신 일이라면,

그렇다면 저희는 의원님께 무례하고 불손한 잘못을 저지른 거겠죠.

허나 만일 의원님께서 이 일을 모르고 계셨다면, 제 기준으로 판

　단컨대,

저희를 비난하시는 건 잘못된 일입니다. 이놈이　　　　　　　　130

예의범절을 다 무시한 채,

그렇게 의원님의 권위를 농락하고 희롱한다고는 생각지 마십시오.

따님께서는 (의원님께서 가라고 허락하신 게 아니라면,

다시 말씀드리지만), 엄청난 반항을 하신 겁니다.

자신의 도리와 분별력과 숙명을　　　　　　　　　　　　　135

여기저기 세상을

정처 없이 떠도는 이방인에게 바치면서 말이죠. 당장 확인해보시죠.

만일 따님께서 자기 방이나, 혹은 집안에 있다면,

이렇게 의원님을 기만한 죄로

저로 하여금 법의 처벌을 받게 하십시오.

브라반시오　여봐라, 불을 밝히거라!　　　　　　　　　　　140

촛불을 가져와라. 식구들을 모두 깨워라.

꿈자리가 사납더니 이런 변괴가 생기는군.

그런 일이 일어났다고 생각만 해도 벌써 마음이 무거워.

불을 밝히라 했다, 불을 밝혀라!　　　　　　　　[위에서 퇴장.]

이아고　안녕히 가십시오. 난 가봐야겠어요.

눈에 띄는 건 내 직책에 걸맞지도, 이롭지도 않을 것　　　　145

같아서 말이죠. 내가 여기 남아있으면, 무어인에게 거슬리는 걸로

보일 겁니다. 내가 나랏일을 잘 알지는 못하나,

이 일로 인해 그자는 징계를 받아 속을 태우게 될지는 몰라도,

아주 파면되지는 않을 겁니다. 그자는 출항을 하게 되어 있거든요.

150   싸이프러스의 전쟁터로 간다는, 아주 대단한 이유로 말이죠.

전쟁은 지금까지도 계속되고 있는데, 그게, 사람들 생각에는

그자를 대신해서

그 일을 처리할 만한 자가 없다는 거죠. 그런 점에서,

내가 비록 지옥의 고통을 증오하듯 그자를 증오할지라도,

155   그래도, 지금 당장은 살고 봐야 하니,

애정의 깃발과 신호를 보여줘야만 하죠.

물론 그건 신호에 불과한 거지만요. 선생은 그자를 확실히 찾게

　　될 테니,

수색대를 모아서 사지타르로 데려가세요.

그러면 내가 그자와 함께 거기 있을 겁니다. 그럼 안녕히 가세요.

[퇴장.]

잠옷 차림의 브라반시오와 횃불을 든 하인들 등장.

160   **브라반시오** 이건 정말 재앙이 틀림없어, 딸애가 없어졌으니.

멸시당할 내 여생에, 남은 것은,

그저 비통함밖에 없구나. 그런데, 로더리고,

자네는 그 애를 어디서 봤나? (아 가여운 것!)

164   무어놈과 있다고 했지? (이래서야 누가 애비가 되고 싶을까?)

그 애가 내 딸이라는 걸 어떻게 알았나? (아 네가 날 속일 거라곤
생각지도 못했건만!) 그 애가 자네에게 뭐라던가? 촛불을 더 가져와라,
일가친척들을 모두 깨워라. 그것들이 결혼을 한 것 같던가?

로더리고 정말로 그런 것 같았습니다.

브라반시오 이런 맙소사. 어떻게 나간거지? 아 혈육이라는 게 배신을 하
다니!

아비들아, 이제부터는 딸년들이 하는 짓만 보고   170
그 마음을 믿지를 마라. 마법이라도 쓴 게 아닐까?
그걸로 젊은 처녀들의 본성을
욕보이는 것 말이지. 로더리고, 자넨 그런 것에 대해
읽어본 적이 있나?

로더리고 네, 있습니다, 어르신.   175

브라반시오 아우를 부르거라. 아 자네한테 그 애를 줬어야 했는데!
몇 명은 이쪽으로 가고, 몇 명은 저쪽으로 가거라. 자네는
어디로 가야 그 애와 그 무어놈을 잡을 수 있는지 알고 있나?

로더리고 제가 그자를 찾아낼 수 있을 것 같습니다. 부디
건장한 호위병을 대동하시어, 저와 함께 가시죠.   180

브라반시오 그럼 날 안내해주게. 집집마다 사람들을 불러내겠네.
대개는 내 명을 따를 걸세. 여봐라, 무기를 가져오거라!
그리고 특별히 힘이 센 야경 대원들을 데려오거라.
여보게, 가세, 로더리고. 자네 노고는 내 보답하겠네. [모두 퇴장.]

2장

[사지타르 앞.]

오셀로와 이아고, 그리고 횃불을 든 수행원들 등장.

이아고 비록 제가 전쟁터에서 사람을 죽인 적은 있지만,

양심이란 걸 갖고 있기에

살인을 저지르지는 않았죠. 전 때로는 제게 이득이 된다고 해도

부정한 짓은 못하거든요. 아홉 번이건 열 번이건

5 　그놈의 여기, 갈비뼈 아래를 푹 찔러볼까하는 생각을 했다니까요.

오셀로 그냥 내버려 두는 게 나을 걸세.

이아고 그렇기는 하지만, 그놈이 쓸데없이 지껄이며,

장군님의 명예를 더럽히는

그런 상스럽고 도발적인 말을 해대니,

신앙심이 깊지 않은 저로선

10 　그놈을 봐주기가 참으로 어려웠습니다. 헌데 실례지만, 장군님,

확실히 결혼하신 거죠? 하지만 이건 명심하셔야 할 겁니다.

그 의원님께서는 시민들한테 인기도 많고,

또 영향력도 커서 발언권이

공작님보다 두 배나 크시다니까요. 그분은 장군님을 이혼시키고

말겁니다.

그렇지 않으면 장군님께 어떤 제재건, 또 고통이건 간에,　15
법이 허용하는 한 (그분이 할 수 있는 모든 힘을 다해)
그걸 행사하려고 하실 겁니다.

오셀로 분풀이를 하시라고 하지.
내가 베니스 원로원을 위해 이바지한 공로라면
그 양반의 불평을 잠재울 수 있을 테니까. 아직 알리지는 않았지만—
자화자찬이 명예라는 판단이 서면, 난 그걸　20
세상에 알릴 걸세. — 난 왕족의 혈통을 이어받아
태어났다네. 게다가 내가 세운 공적이면
내가 얻은 이런 행운 정도는
당당히 요구할 수 있는 거지. 그러니 알아두게, 이아고.
만일 내가 너그러운 데스데모나를 사랑하지 않는다면,　25
아무데도 얽매이지 않고 자유롭게 살 수 있는 상황인데도
굳이 가정이란 울타리에 묶여 속박 당하려고 하진 않았을 걸세.
바다 속의 보물을 준다고 해도 말이지. 그런데 저기 다가오는 저
　불빛이 뭔지 좀 알아보게.

이아고 저분들은 격분한 사모님의 아버님과 그 일행들인데요.
장군님께서는 안으로 들어가시는 게 상책일 것 같습니다.

오셀로 아닐세, 이대로 있겠네.　30
내 본분과 직위, 또 내 결백한 영혼이
날 제대로 보여줄 걸세. 그 사람들이 맞나?

이아고 어럽쇼, 아닌 것 같은데요.

오셀로 공작님의 부하들과 내 부관이군.

35 　　　 자네들, 밤에 수고가 많군.

　　　 무슨 일인가?

카시오 공작님께서 안부를 전하라고 하셨습니다, 장군님.

　　　 그리고 장군님께 급히 출석하시라고 명하셨습니다.

　　　 지금 즉시요.

오셀로 자네 생각엔 무슨 일인 것 같나?

카시오 제 추측으론, 싸이프러스에서 어떤 소식이 온 것 같습니다.

40 　　　 긴박한 일인 것 같은 게, 전함에서

　　　 오늘밤에만 수십 명의 전령들이

　　　 잇달아, 꼬리에 꼬리를 물고 왔습니다.

　　　 그리고 의원님들 대부분이 기상하셨고, 만나셔서,

　　　 이미 공작님 댁에 모여 계십니다. 장군님을 신속히 모셔오라고

　　　　하셨습니다만,

45 　　　 숙소에 계시질 않아서,

　　　 원로원에서는 장군님을 찾기 위해

　　　 수색대를 대략 세 패로 갈라 내보냈습니다.

오셀로 자네가 날 찾게 돼서 잘됐군.

　　　 여기 안에 좀 들어가 몇 마디만 하고,

　　　 자네와 같이 가겠네.　　　　　　　　　　　　　　[퇴장.]

카시오 여보게 기수, 장군님께서는 무슨 일로 여기 계신건가?

이아고 실은 장군님께서 오늘밤 육지의 보물선에 오르셨죠. 50
만일 그게 합법적인 전리품으로 판명만 된다면, 평생 성공이 보
장된 거구요.

카시오 무슨 말인지 모르겠군.

이아고 장군님께서 결혼을 하셨습니다요.

카시오 누구랑?

오셀로 등장.

이아고 누구랑 결혼을. . . 그럼, 대장님, 가실까요?

오셀로 자네도 같이 가세.

카시오 저기 장군님을 찾으러 다른 수색대원들이 옵니다.

브라반시오, 로더리고, 횃불과 무기를 든 사람들 등장.

이아고 브라반시오 의원님이십니다. 장군님, 조심하십시오. 55
저분은 악의를 품고 오신 겁니다.

오셀로 여봐라, 거기 멈추거라!

로더리고 의원님, 그 무어인입니다.

브라반시오 저자를 없애거라, 도둑놈 같은 이!

[양쪽 모두 칼을 뺀다.]

이아고 당신, 로더리고, 덤비시오 선생. 내가 상대해 주지.

오셀로 모두 그 번쩍이는 칼을 거두거라. 밤이슬을 맞아 녹이 슬 테니 말이다.
존경하는 의원님, 의원님 연세라면 60

무기가 없이도 처리를 하실 수 있으실 겁니다.

브라반시오 아 이 비열한 도둑놈! 내 딸을 어디에 숨겨놨느냐?

이 천벌을 받을 놈, 네놈이 그 애를 홀렸겠다.

내가 지각 있는 모든 사람에게 물어볼 것이니,

65   (그 애가 마법의 사슬에 묶인 게 아니고서야)

어찌 그리 상냥하고, 아리땁고, 또 행복하던 처자가,

그리도 결혼을 거부하며, 우리나라의

부잣집 자제들을 마다하던 애가,

(남의 웃음거리가 되려고) 작정이라도 한 듯이

70   자신의 보호자를 떠나 네놈 같은 그런

숯 검둥이의 품속으로 달아났겠느냐? 기뻐서가 아니라, 두려움에
    그랬겠지.

세상 사람들아, 내 말이 맞는지 좀 들어 보시오. 이게 분명한 사
    실인지 아닌지 말이오.

네놈이 비열한 마법을 부려서 그 애를 홀리고,

섬세한 그 애의 젊음을 농락한 것이야. 분별력을 흐리게 하는

75   마약과 약물로 말이지. 내가 그 진상을 밝히고 말 테다.

생각을 해보면 그건 확실하고 분명한 일이지.

그러니 네놈을 세상을 농락한 자요,

금기된 마법을 불법으로 행한 자로

체포해 감금하겠다.

80   저 놈을 잡아라. 만일 저항하면,

어찌 되든지 간에 힘으로 제압하거라.

오셀로 내 부하들과 나머지 모두들,

그만 두거라.

내가 나서서 싸워야 한다면, 알려주는 자가 없어도,

알아서 할 것이다. 제가 어디로 가서,

의원님께서 고소하신 그 사항들에 대해 답변을 해야 하는 건지요?

브라반시오 감옥으로 가야지. 법이 정한   85

합당한 시간과, 적법한 절차에 따라,

네놈을 불러 답변을 요구할 때까지 말이다.

오셀로 제가 그 명을 따르면 어떻게 될 것 같습니까?

공작님께서 그걸 납득하실까요?

공작님의 전령들이 어떤 긴박한 나랏일 때문인지,

저를 데려가려고,   90

여기 제 옆에 와있는데 말이죠.

장교 사실입니다, 존경하는 의원님.

공작님께서는 회의 중이신데, 의원님께서도

분명히 호출을 받으실 걸로 압니다.

브라반시오 뭐라? 공작님께서 회의 중이시라고?

이렇게 야심한 시간에 말이지? 저자도 데려가게.

내 일이 하찮은 것이 아니니, 공작님 본인도,   95

원로원의 내 동료 중 그 누구라도,

자기 일인 것처럼, 이게 잘못됐다고 느끼지 않을 수 없을 게야.

만일 이런 짓들이 아무런 처벌 없이 용인된다면,

노예들과 이교도들이 이 나라의 정치가가 될 판이니까. [모두 퇴장.]

3장

[회의실.]

공작과 의원들 등장, 수행원들과 함께 햇불이 밝혀진 탁자에 앉는다.

공작 이 소식들은 일관성이 없어서,

　　　 믿을 수가 없군요.

의원 1 정말 앞뒤가 맞질 않습니다.

　　　 제가 받은 편지에는 전함이 107척이라고 합니다.

공작 그런데 내가 받은 편지에는 140척이라네요.

의원 2 그리고 제가 받은 편지에는 200척이랍니다.

5　　 비록 정확한 숫자는 일치하지 않을지 모르나,

　　　 (이런 경우, 대략적인 보고를 하기 때문에,

　　　 흔히 차이가 나죠.) 그래도 모두 한결같이

　　　 터키 함대가, 싸이프러스로 향하고 있다고 보고하는 건 분명합니다.

공작 그렇소, 충분히 그렇게 판단할 만합니다.

10　　 일관성이 없다고 해서 안심할 수는 없지요.

　　　 게다가 주요 사항으로 봐서는

　　　 사실인 것 같습니다.

선원 [안에서] 여보시오! 여보시오! 여보시오!

장교 전함에서 온 전령입니다.

선원 등장.

공작 그래, 무슨 일이냐?

선원 터키 함대가 로더스 섬으로 향할 기세입니다.

이곳, 정부에 보고하라는,

엔젤로 함장님의 명을 받았습니다.

공작 이런 변화를 어떻게 생각하시나요?

의원 1 상식적으로 생각해보면

그럴 리가 없습니다. 이건 속임수입니다.

우리 눈을 다른 곳으로 돌리기 위한 거죠. 터키 군에게 있어

싸이프러스의 중요성을 고려해 볼 때 말입니다.

게다가 터키 왕은 로더스 섬보다 그곳에 더 관심이 있고,

또 그곳을 훨씬 더 쉽게 점령할 수 있을 거라는 점을

다시 한 번 생각해 봐야 합니다.

그곳은 군사대비 같은 건 갖추고 있질 않으니까요.

로더스 섬이 갖추고 있는

전투력이 전적으로 부족하죠. 이 점을 생각한다면,

터키 왕이 관심이 먼저 가는 곳을 놔두고,

쉽게 공략하여, 얻을 수 있다는 사실을 간과한 채,

쓸데없는 위험을 초래할 만큼

노련하지 않다고 생각해서는 안 됩니다.

공작 그렇소! 확실히 터키 왕은 로더스 섬을 목표로 한 게 아닙니다.

장교 소식이 또 왔습니다.

전령 등장.

전령 존경하는 자애로운 공작님, 터키 함대가

로더스 섬을 향해 가던 중,

그곳에서 후속 함대와 합류했습니다 ―

의원 1 그렇군, 그럴 줄 알았어. 몇 척이나 되는 것 같나?

전령 30척 정도입니다. 그런데 지금은 뱃머리를 돌려

되돌아가고 있습니다. 싸이프러스로 갈 목적이라는 걸

분명히 드러내면서 말입니다. 몬타노 함장님께서는,

공작님의 충실하고 참으로 용맹스런 신하로서,

아낌없는 충성심으로 공작님께 이렇게 보고 드리오니,

부디 함장님을 믿어 주십사 청하셨습니다.

공작 그렇다면 싸이프러스로 향한 것이 분명하군.

마커스 루시코스는 여기 시내에 없나요?

의원 1 지금 플로렌스에 있습니다.

공작 친서를 보내세요. 급히 서둘러 오도록, 전령을 급파하세요.

의원 1 저기, 브라반시오 의원과 용맹한 무어인이 옵니다.

브라반시오, 오셀로, 카시오, 이아고, 로더리고, 그리고 장교들 등장.

공작 용맹한 오셀로, 장군을 즉시 임명하겠소.

우리 모두의 적인 터키 군에 대적하시오.

[브라반시오에게] 오신 걸 못 봤습니다. 어서 오십시오, 친애하는 의

원님.

오늘밤 의원님의 조언과 도움이 필요했었죠.

브라반시오 저 역시 그랬습니다. 근엄하신 공작님, 죄송합니다만,

전 저의 직책 때문에, 혹은 이 일에 대해 전해 듣고

잠자리에서 일어난 게 아닙니다. 또한 일반적인 세상의 근심거리는

안중에도 없습니다. 실은 저의 특별한 비애가   55

너무나 압도적으로 넘쳐흘러,

다른 슬픔을 빨아드리고 삼켜버리며

아직도 그대로 남아 있어서요.

공작 아니, 무슨 일입니까?

브라반시오 제 딸애가, 아 제 딸애가!

모두 죽었습니까?

브라반시오 그렇죠, 제겐 그런 셈이죠.

그 애는 농락을 당했고, 제게서 빼앗아가, 더럽혀졌습니다.   60

마법의 주문과, 사기꾼인 약장사로부터 산 약으로 말이죠.

그리도 터무니없는 잘못을 저지르다니,

(머리가 모자라거나, 눈이 멀고, 지각이 모자란 것도 아닌데)

마법이 아니고서야 그럴 수가 없습니다.

공작 그자가 누구든 간에, 그런 비열한 짓으로   65

의원님의 따님을 기만하고,

의원님으로부터 따님을 빼앗아 갔다면, 잔인한 법조문을

직접 찾아내시어, 가혹한 조항을

글자 그대로 적용하시지요. 비록 제 아들이라 해도

의원님의 처벌을 받도록 할 것입니다.

브라반시오 공작님의 호의에 진심으로 감사드립니다.   70

이 자리에 그자가 있습니다. 바로 이 무어인입니다. 보아하니 이

자는 지금

공작님의 특명으로, 국사 때문에,

이 자리에 불려온 것 같습니다만.

모두들 정말 유감입니다.

공작 [오셀로에게] 이 일에 대해 장군은 뭐라고 하시겠소?

75 **브라반시오** 할 말이 없을 겁니다. 제 말대로니까요.

오셀로 참으로 존엄하시고, 근엄하시며, 존경하옵는 의원님들.

실로 고귀하시며 명망이 높으신 여러 어르신들.

제가 이 어르신의 따님을 데려갔다는 것,

그것은 진정 사실입니다. 사실, 저는 그녀와 결혼했습니다.

80 제가 저지른 과오의 전모는

이 정도일 뿐, 그 이상은 아닙니다. 저는 거친 말투에,

친화력 있게 부드럽게 말하는 행운도 별로 얻지 못했습니다.

저의 이 두 팔은 일곱 살 때부터 힘이 생긴 이래로,

지금까지 아홉 달 정도만 빼고는,

85 막사가 쳐진 들판에서 가장 유용하게 힘을 써 왔습니다.

또한 저는 싸움과 전투의 업적에 관한 것 이외에는,

이 넓은 세상에 대해 별로 할 수 있는 말도 없습니다.

따라서 저는 제 자신을 변호할 때도, 제 행동에 대한 동기를

전혀 미화하지 못합니다. 그러나, (너그러이 참아 주신다면)

90 제 사랑의 전 과정에 대한 얘기를

솔직하고 꾸밈없이 말씀드리겠습니다. 어떤 약과, 어떤 마력으로,

어떤 주문과, 또 어떤 강력한 마법으로,

(제가 비난받고 있는 그런 소송의 혐의로)

저분의 따님을 얻었는지 말입니다.

브라반시오 결코 되바라진 적 없이,

너무나 조신하고 얌전하여, 마음속의 욕구에도   95

스스로 얼굴을 붉히던 처자가, 그런 애가, 천성과

나이, 국적, 평판, 그 모든 것에도 불구하고,

쳐다보기조차 두려워하던 자와 사랑에 빠졌다니요?

그건 잘못된, 참으로 불완전한 판단으로,

모든 천성의 법칙을 거슬러   100

잘못을 저지른 것이라고 자백하는 일이 될 것입니다. 그러니

간교한 악마의 음모를 밝혀내야 할 것입니다.

어찌하여 이런 일이 일어났는지를 말이죠. 따라서 전 다시 한 번

단언합니다.

피를 끓게 하는 어떤 강력한 혼합물이나,

혹은 그런 효과를 내도록 마력으로 만든 어떤 약을   105

저자가 그 애한테 사용한 겁니다.

공작 그렇게 단언하신다고 증거가 되지는 않습니다.

더 확실하고 더 명백한 판단 기준이 없다면 말이죠.

그런 것들은 증거가 되기엔 약한 행위며, 또 상식적으로 보기에

근거도 불확실한데, 의원님께서는 장군을 고발하고 계십니다.

의원 1 그런데, 오셀로 장군, 대답해 보시오.   110

그대는 정직하지 않은 강압적인 행동으로

그 젊은 처자의 애정을 정복하고 타락시켰나요?

아니면 간청을 하여, 그리고 마음과 마음을 주고받는

그런 아름다운 구애로 얻어냈나요?

오셀로 공작님께 청하옵건대,

115 　　　　사지타르로 사람을 보내 그 숙녀분을 불러오시죠.

그리고 그녀로 하여금 아버님 앞에서 저에 관해 말하도록 해주십시오.

만일 그녀가 하는 말 중에 저에 관한 비열한 점을 발견하신다면,

저에 대한 여러분의 믿음과 제 직책을

박탈해 가실 뿐만 아니라, 저에게

사형선고를 내려주십시오.

120 **공작** 　데스데모나를 이리 모셔 오거라.

　　　　　　　　　　　　　　[두세 명의 수행원들이 문 쪽으로 간다.]

오셀로 [이아고에게] 기수, 자네가 그곳을 가장 잘 알고 있으니, 저들을 안

내하게.

　　　　　　　　　　　　　　　[수행원들과 이아고 퇴장.]

그러면 그녀가 올 때까지, 저는 하늘에 고하듯 진실되게

저의 혈기로 저지른 죄를 고백하겠습니다.

여러분의 근엄하신 귀에 걸맞도록 정직하게 제가

125 　　　　어떻게 그 아리따운 숙녀분의 사랑을 쟁취했으며,

또 그녀는 어떻게 제 사랑을 쟁취했는지를 말씀드리겠습니다.

공작 　말해보시오, 오셀로.

오셀로 그녀의 아버님께서는 절 아끼시어 자주 초대하셨고,

늘 제 인생사에 대해 물어보셨습니다.

130 　　　　한 해 한 해, 제가 겪었던

전투와 포위 공격, 행운들에 대해서 말이죠.
저는 그걸 처음부터 끝까지, 심지어 제 어린 시절부터
제게 말해 달라고 명하신 그 순간까지 모두 말씀드렸습니다.
그중에 저는 가장 끔찍했던 모험에 대해 얘기해 드렸습니다.
바다와 육지에서 있었던 감동적인 사건들과,   135
일촉즉발의 위험한 성벽 틈에서 아슬아슬하게 탈출한 것,
무례한 적에게 사로잡혔던 것,
또 노예로 팔리고, 그래서 거기서 몸값을 내고 풀려났던 것,
그리고 그 외 저의 모든 여행담에 대해 말씀드렸습니다.
그 다음에는 거대한 동굴들, 그리고 불모의 사막들,   140
험한 채석장과, 봉우리가 하늘에 닿을 듯한 암벽과 산들,
이런 것들이 제가 말씀드렸던 것이요, 그런 과정이 있었습니다.
그리고 서로를 잡아먹는 식인종인
앤스로파포가이 족들과, 또 머리가
어깨 아래에서 자라는 사람들에 대해 말씀드렸었죠. 그걸 들으려고   145
데스데모나는 진지하게 귀를 기울이곤 했습니다.
허나 그녀는 늘 집안일 때문에 자리를 떠야했고,
가능한 한 서둘러 일을 마친 후
다시 돌아와, 제 이야기를 집어삼키듯
귀를 쫑긋 세운 채 경청했습니다. 그걸 지켜본 제가   150
한번은 한가로운 시간을 잡아, 그녀로 하여금
제게 저의 인생 여정에 대해 모두 말해주기를,
진심으로 청하게끔 유도하는 좋은 방법을 알아냈습니다.

그녀는 어떤 부분은 일부만 들었지,

주의 깊게 다 듣지는 못했으니까요. 저는 승낙을 했고,

종종 그녀를 눈물짓게 만들었으니,

그건 제가 젊은 시절에 겪었던 고통스런 일에 대해

얘기할 때였습니다. 제 얘기가 끝나면,

그녀는 제가 겪은 고통이 안쓰러워 수없이 한숨을 내쉬었죠.

그녀는 그건 참으로 기이하다고, 대단히 기이하다고,

또 그건 안쓰럽다고, 너무나 안쓰럽다고 단언했습니다.

그녀는 차라리 그걸 듣지 않았으면 좋았을 거라고 했죠. 하지만
그녀는

그런 남자로 태어났더라면 좋았을 거라고도 했습니다. 그녀는 제
게 고마워했고,

또 청하기를, 혹시 제 친구 중에 그녀를 사랑하는 사람이 있다면,

그 친구에게 저의 얘기를 들려주는 방법을 가르쳐 주라고,

그러면 그녀의 사랑을 얻을 수 있을 거라고 했습니다. 그런 귀띔
을 듣고 저는 고백을 했습니다.

그녀는 제가 겪었던 위험한 일들 때문에 저를 사랑했고,

저는 그것을 안쓰러워하는 그녀를 사랑했습니다.

이것이 제가 사용한 유일한 마법입니다.

저기 그녀가 오니, 이 점에 대해 직접 말하게 하시죠.

데스데모나, 이아고, 수행원들 등장.

공작　이런 이야기라면 내 딸아이의 마음도 사로잡았을 것 같습니다.

점잖으신 브라반시오,

일이 이렇듯 꼬여버렸지만 최대한 좋게 처리하시죠.

자고로 맨손보다는,

부서진 무기라도 쓰는 게 낫지 않겠습니까?

브라반시오 공작님께 청컨대 제 딸아이의 얘기를 들어보시죠.　175

만일 저 애도 어느 정도 구애를 했다고 고백한다면,

제 머리 위에 벼락이 떨어질 겁니다! 제가 부당하게

저자를 비난한 것이라면 말입니다. 이리 와 보거라, 착한 아가.

여기 이 지체 높으신 여러 어르신 가운데, 넌

누구에게 가장 먼저 복종해야 하는지 알겠느냐?

데스데모나 존경하는 아버지,　180

저는 이곳에서 저의 의무가 양분된 것을 알겠습니다.

아버지로부터 저는 생명을 얻었고 교육을 받았습니다.

제가 얻은 생명과 교육은 모두 제게

아버지를 존경하라고 가르쳤으니, 아버지는 제가 모든 의무를 다

해야 할 분이십니다.　184

저는 지금까지 아버지의 딸이었습니다. 허나 제 남편이 여기 계

십니다.

어머니께서 외조부님 앞에서 아버지를 더 소중히 여기시며,

아버지께 보여드렸던 의무만큼이나,

저 역시 그렇게, 분명히 말씀드리지만,

제 남편인 무어인에게 의무를 다하렵니다.

브라반시오 신의 은총이 있길 바란다. 제 송사는 끝났습니다.

190 부디 공작님께서는 국사를 보시기 바랍니다.

자식을 낳느니 차라리 입양을 했을 걸 그랬습니다.

이리 오게, 무어인.

내 자네에게 여기서 기꺼이, 이 애를 주겠네.

만일 자네가 이미 취하지 않았다면, 진심으로

난 자네로부터 이 애를 지키려고 했을 걸세. (보석 같은 우리 딸,)

195   너로 인해

진정 난 다른 자식이 없다는 게 다행이구나.

네가 달아난 일로 인해 난 자식에게 족쇄를 채우는,

폭군 같은 애비가 됐을 테니 말이다. 제 송사는 끝났습니다, 공작님.

공작 의원님 입장에서 한 말씀 드리고, 격언 한마디 하겠습니다.

200 이게 이 연인들을 의원님의 마음에 들게 하는

발판이 될 수도 있을 겁니다.

치료할 가망이 없을 때, 최악을 생각한다면,

슬픔은 끝나지요. 그건 끝까지 희망을 믿고 있어 그런 거니까요.

지나가 버린 재난을 한탄하는 것은,

205 더 많은 재난을 불러오는 지름길이지요.

지킬 수 없는 것을 운명이 빼앗아갈 때는,

인내만이 운명이 가하는 위해를 비웃어 버릴 수 있게 합니다.

약탈당하고도 웃어버리는 자는, 도둑으로부터 무언가를 훔쳐내는

    것이요,

무익하기 만한 슬픔에 잠기는 자는, 스스로의 것을 약탈하는 격이죠.

210 **브라반시오** 그렇다면 싸이프러스의 터키 군들이 우리를 속이게 놔두시지요.

우리가 웃어버리는 한 그곳을 잃는 게 아닐 테니까요.

자신이 전해들은 격언을 통해 단지 돈 안 드는 위안만을

얻는 자는, 그 격언을 잘 받아드리는 거겠죠.

허나 슬픔을 청산하기 위해, 빈약한 인내심을

빌려야만 하는 자는, 격언과 슬픔을 모두 받아드려야만 하죠. 215

그런 격언들은 설탕처럼 달든, 쓸개즙처럼 쓰든 간에,

양쪽 측면이 다 강해서, 애매모호하니까요.

허나 말은 말에 지나지 않습니다. 아직까지 전

상처받은 마음이 귀를 통해 치유됐다는 말을 결코 들어본 적이

    없습니다.

이제 공작님께 청하오니, 국사를 보시지요. 220

공작   터키 군들이 중무장을 한 채

싸이프러스로 향하고 있습니다. 오셀로, 장군이 그곳의 강점을

가장 잘 알고 있지 않소. 비록 그곳에는

능력을 확실히 인정받은 총독대리가 있기는 하나,

절대적인 영향력을 발휘하는 여왕과도 같은 여론에 따르면, 장군

    이 맡는 게 225

더 안전할 거라는 의견입니다. 그러니 장군은

새로 얻은 행운이, 더욱 괴롭고 험한 이번

원정으로 인해, 빛이 바라게 된 것을 감수해 줘야만 되겠소.

오셀로   참으로 근엄하신 의원님들, 폭군과 같은 습관은 제게

돌처럼 단단한 전쟁터의 잠자리도 230

솜털처럼 부드러운 침상으로 느끼게 만들어 줬습니다. 전 잘 알

고 있습니다.

제가 천성적으로 고난을

기꺼이 받아드리며, 따라서

오토만 군과의 현재 이 전쟁을 맡을 거라는 사실을 말입니다.

235 그러므로 참으로 황송하지만, 제 아내에게 걸맞은 배려를,

공작님께 고개 숙여 간청 드립니다.

거처나 후원금과 관련하여, 합당한,

그녀의 신분에 어울리는,

그런 편의를 제공해 주십시오.

공작 괜찮다면,

아버지 집에 있게 하시죠.

240 **브라반시오** 그리는 못 하겠습니다.

오셀로 저도 그리 못 하겠습니다.

데스데모나 저 역시 그렇습니다. 그곳에 살면서

아버지의 눈에 띄어, 역정을

돋궈드리진 않겠습니다. 참으로 자비로우신 공작님,

제 말에 자비로운 귀를 기울여주시고,

공작님께서 직접 허락해주신다는 말씀을 해주세요.

만일 저의 소박한 청이 . . .

공작 무엇인지 . . . 말해 보세요.

데스데모나 제가 이 무어인을 사랑했고, 또 그와 살기로 했다는 사실이,

노골적으로 대담하게, 운명을 조롱하는 저의 행동으로 인해,

250 세상에 알려지게 될 겁니다. 저는 제 남편에게

득이 되는 일이기만 하면 마음이 끌립니다.

저는 오셀로의 마음에서 그의 진실된 얼굴을 봤습니다.

또한 그이의 명예와 용감한 자질에

저의 영혼과 운명을 바쳤습니다.

하오니, 친애하는 의원님들, 저는 후방에 남아　　　　　　　　255

온실 속의 화초처럼 지내고, 그이는 전쟁터로 가신다면,

제가 그이를 사랑하기 때문에 행한 의식이 제게서 그이를 앗아가

　는 격이요,

저는 그이가 없어 울적한 시간을

견뎌야만 할 겁니다. 그이와 함께 가게 해주세요.

오셀로 허락해 주십시오, 의원님들. 그녀의 뜻이　　　　　　　　260

이루어지게 해주십시오. 제가 이렇듯 청하는 것은

저의 개인적인 욕구를 충족시키기 위해서도,

혹은 제게는 사라져버린, 그리고 적절히 만족시킬 수 있는,

젊은이의 욕정에 휩싸여서도 아닙니다.

단지 그녀의 뜻대로 하게 해주기 위해서입니다.　　　　　　　　265

하오니 부디 제가 그녀와 함께 있다는 이유로,

국가의 심각하고 중차대한 일을 소홀히 할 것이라고는

생각지 말아 주십시오. 아닙니다, 날개 달린 큐피드의

가벼운 장난감 화살이, 음탕한 아둔함으로

저의 눈과 수족을 못 쓰게 하고,　　　　　　　　270

그래서 제가 쾌락에 빠져 제 본분을 그르치고 더럽힌다면,

아녀자들로 하여금 제 투구를 냄비로 쓰게 하고,

온갖 부당하고 비열한 난관들이

저의 명성을 막아서게 하십시오!

275 **공작** 그리하세요. 여기 머물든지 가든지 간에,

장군이 개인적으로 결정하는 대로 하세요. 일이 다급하니,

신속히 대응해야겠소. 허니 오늘밤 출발해야 할 것이오.

데스데모나 오늘밤이라고요, 공작님?

공작 오늘밤에요.

오셀로 기꺼이 가겠습니다.

공작 우리는 오전 10시에 여기서 다시 만납시다.

280 오셀로, 장교를 한 명 남겨두시오.

그러면 우리 위임장을 가져가게 하겠소.

장군께 필요한

중요한 것들도 같이 보내겠소.

오셀로 공작님, 제 기수를 남겨두겠습니다.

정직하고 믿을 만한 사람이니,

285 제 아내를 데려오게 하겠습니다.

공작님께서 제게 보낼 필요가 있다고

생각하시는 것들도 같이 가져오게 하겠습니다.

공작 그리 하시오.

모두들 가서 편히 쉬시지요. 그리고 존경하는 의원님,

만일 미덕에도 매혹적인 아름다움이 부족하지 않다면,

290 의원님의 사위는 검은 것보다 훨씬 더 아름답군요.

제 1 의원 잘 가시오, 용감한 무어인. 데스데모나에게 잘해주시오.

브라반시오 저 애를 잘 감시하게, 무어인. 유의해서 잘 지켜보게.

　　　　아비를 속였으니, 자네도 속이겠지.

[공작과, 의원들, 장교들 퇴장.]

오셀로 그녀의 절개에 내 목숨을 걸지. 정직한 이아고,

　　　　우리 데스데모나를 자네에게 부탁해야겠네.　　　　　295

　　　　부탁이니, 자네 아내가 우리 집사람 시중을 들게 해주게.

　　　　그리고 때가 되면 집사람을 모셔오게.

　　　　갑시다, 데스데모나.

　　　　당신과 함께 사랑하고, 세상일을 보고, 지시를 내릴

　　　　시간이, 한 시간밖에 없소. 우린 시간에 순종해야 한다오.　　300

[오셀로와 데스데모나 퇴장.]

로더리고 이아고!

이아고 왜 그러시오, 존경하는 양반?

로더리고 내가 어떻게 해야 한다고 생각하나?

이아고 뭐, 잠자리에 들어 잠이나 자시죠.

로더리고 당장에라도 물에 빠져 죽어야겠네.　　　　　　　　305

이아고 글쎄, 만일 그러기만 하면, 이후론 다시는 당신을 좋아하지 않을 겁니다.

　　　　어유, 이 어리석은 양반!

로더리고 삶이 고통일 때, 사는 건 어리석은 짓이지. 그리고

　　　　죽음이 우리 주치의일 땐, 우린 죽으라는 처방을

　　　　받는 거고.　　　　　　　　　　　　　　　　　　　310

이아고 아 형편없기는! 내가 7년의 네 배 동안

　　　　세상에 대해 조사를 하고, 또 이익과 손해를

구별할 수 있게 된 이래로, 결코

자신을 사랑하는 법을 아는 자를 본 적이 없죠. 나 같으면

315 암탉에 대한 사랑 때문에 물에 빠져죽겠다고 하기 전에,

인간의 탈을 개코원숭이와 바꾸겠소.

로더리고 난 어째야 하나? 그렇게 맹목적으로 빠져든 게 창피한 일이라는 걸

인정은 하지만, 성격상 그걸 고칠 수는 없으니 말일세.

이아고 성격이라구요? 말도 안 되는 소릴! 그건 우리 자신한테 달린 겁니

다. 우리가 이래서 그렇다거나,

320 저래서 그렇다는 것 말이죠. 우리의 육신은 정원이요, 우리의 의지는

그 육신을 가꾸는 정원사인거죠. 허니 우리가 쐐기풀을 심든,

상추씨를 뿌리든, 우슬초를 심고 백리향을 솎아내든,

한 종류의 허브로 만족하든, 많은 종류의 허브로 정원을

어수선하게 만들든, 게으름을 피워 정원을 황폐하게 망치든,

325 혹은 부지런히 거름을 주든, 뭐, 그 정원을

제대로 가꿀 수 있는 지배력과 권한은 우리 의지에 달린 거죠. 만약

인생이라는 저울에 이성이라는 눈금이 없어서,

육욕이라는 다른 눈금의 균형을 잡아주지 않는다면, 혈기와 천박한

본성은 우리를 참으로 터무니없는

330 결말로 이끌어갈 겁니다. 허나 우리는

끓어오르는 충동과, 성욕, 억제되지 않은 색욕을 식혀줄

이성이 있습죠. 그러니, 당신이 사랑이라고 하는 그걸, 난

다듬어내야 할, 잔가지라고 봅니다.

로더리고 그럴 리가 없네.

이아고 그건 그저 혈기왕성한 색욕이요, 의지가

허용한 것에 불과하다니까요. 자, 사내답게 구세요. 물에 빠져 죽

겠다구요?

고양이와 눈먼 강아지나 빠져 죽으라지. 난 당신 친구라고 공언했고,

또 당신이 누려야 될 것에, 영원히 끊어지지 않는 단단한 밧줄로

날 묶었다고 고백했잖소. 난 지금보다 더 당신에게

도움이 될 수는 없을 거요. 지갑에 돈이나 준비하세요. 전쟁터로   340

따라가세요. 가짜 수염으로 얼굴을 몰라보게

하구요. 이보세요, 지갑에 돈이나 준비하세요. 절대로

데스데모나는 무어놈을 계속 사랑할 수

없을 겁니다ー지갑에 돈이나 준비하시라구요ー그자 역시 그녀를

계속 사랑할 수는 없을 겁니다. 격렬하게 시작된 것이었으니,   345

뻔한 결말을 보게 될 겁니다. 그저

지갑에 돈이나 준비하세요. 무어놈들은 변덕이

심하다니까요ー지갑에 돈이나 채우시라구요.

그자에게 지금은 아카시아 꿀처럼 달콤한 음식이,

곧 클로신스 열매처럼 떫어질 겁니다.   350

그 여자도 그자의 몸뚱이에 신물이 나면, 자신의 선택이

잘못된 걸 알게 될 겁니다. 그 여자는 상대를 바꿀 게 뻔하죠.

그럴 겁니다. 그러니 돈이나 준비하세요. 자신을

저주하고 싶으면, 물에 빠져 죽는 것보다

더 신중한 방법으로 그러시라구요. 할 수 있는 한 돈을 모두 마련

하세요. 혹여   355

떠돌이 이방인과 베니스 여자의 결혼과 사랑의 헛된 맹세가,

내 정신이나 지옥의 모든 족속보다

더 단단하지 않다면, 선생은 그 여자와 즐길 수 있게

될 겁니다. 그러니 돈을 마련하라구요. 물에 빠져 죽다니, 염병할

소리를.

360 그건 완전히 요점을 벗어난 겁니다. 그 여자를 가져 보지도 못하고

물에 빠져죽느니, 차라리 재미나 보고

교수형을 당하는 게 낫죠.

로더리고 내가 바라는 대로 자네가 해줄 텐가?

이아고 선생은 날 믿으세요. 가서 돈이나 마련하시라구요. 내가

365 여러 번 말씀드렸잖소. 그래도 다시, 다시 말씀드리죠. 난

그 무어놈을 증오한답니다. 가슴에 맺힌 원인이 있다니까요. 선생도

못지않은 이유가 있잖소. 우리 같이 그자에게 복수를

합시다. 만일 선생이 그자에게 오쟁이를 지게 할 수 있다면, 당신은

쾌락을, 난 오락거리를 얻는 거죠. 시간이라는 자궁 속에는

370 많은 사건이 있고, 그건 태어나게 돼 있어요.

빨리 가세요, 가. 돈이나 마련하세요, 이 일은 내일

더 얘기합시다. 잘 가세요.

로더리고 아침에 어디서 만날까?

이아고 제 숙소에서요.

375 **로더리고** 일찍 가겠네.

이아고 가보세요, 안녕히 가세요. 알아들으셨죠, 로더리고?

로더리고 뭘 말인가?

이아고 물에 빠져 죽겠다는 말은 더 이상 하지 마시라구요, 아시겠죠?

로더리고 마음을 바꿔먹었네.

이아고 가보십시오. 안녕히 가세요! 지갑에 돈이나 충분히 준비하구요.   380

[로더리고 퇴장.]

이렇게 해서 난 저 바보를 항상 내 지갑으로 만든다는 거지.

저런 얼간이와 시간을 허비하면서,

오락거리와 이득을 얻지 못한다면,

내가 스스로 습득한 지식을 모독하는 게 될 테니까 말이야. 난 그

　　무어놈을 증오해.

게다가 그놈이 내 이불 속에서 내 역할을　　　　　　　　　　　385

했다는, 그런 소문도 있어. 그게 사실인지는 모르겠지만 말이야 . . .

하지만 난, 그런 류의 일은 그저 의심만으로도,

그게 확실한 것처럼 행동할 테다. 그놈이 날 좋게 생각하고 있으니,

내 계획이 그놈에게 잘 먹힐 거다.

카시오는 미남이니, 어디 이제 생각 좀 해보자.　　　　　　　　390

그놈 자리를 뺏고, 그리고 내 뜻을 이루기 위해

이중의 속임수를 . . . 어떻게, 어떤 식으로? . . . 어디 생각 좀 해보자.

시간이 좀 흐른 뒤에, 오셀로의 귀를 속이는 거다.

그놈이 자기 마누라와 너무 친밀하다고 말이지.

그놈은 몸도 좋고 또 태도도 나긋나긋해서,

여자들이 바람을 피게 만들 거란 의심을 사게끔, 그렇게 생겨 먹

　　었겠다.

그 무어놈은 화통하고 허심탄회한 성품인지라,

그저 사람이 겉으로 정직해 보이면 속도 그렇다고 생각하지.

그러니 코가 꿰여 쉽게 끌려 다니게 될 거고. . .

400 당나귀처럼 말이지.

됐어, 감이 잡혔어. 지옥과 어둠이

틀림없이 이 괴물 같은 계획을 세상 밖으로 끌어내어 빛을 보게

할 거다.   [퇴장.]

2막

1장

[**싸이프러스의 항구. 부두 근처 공터.**]

다른 신사 두 명과 함께 몬타노 등장.

몬타노 거기 그 언덕에서는 바다에 뭐가 있는지 보이는가?

신사 1 전혀 아무것도 없습니다. 성난 파도만 일고 있어요.

하늘과 바다 사이엔 단 한 척의 배도 찾을 수가 없구요.

5   **몬타노** 육지에는 바람이 거세게 부는 것 같네.

이렇게 강한 돌풍이 성채를 흔들어 댄 적이 없었지.

바다에도 이렇게 바람이 미친 듯이 불어댄다면,

참나무로 만든 배의 보기둥인들, 태산 같은 파도가 덮치면,

그 이음새가 견뎌낼 수 있겠나? 이에 관해 어떤 소식을 듣게 될

것 같나?

10   **신사 2** 터키 함대는 박살이 나겠죠.

파도가 사나운 해안에 그저 서 있기만 해도,

사납게 몰아치는 파도가 구름을 내리치는 것 같습니다.

바람에 휩싸인 너울은, 높이 치솟은 기괴한 바다와 함께,

불타는 작은 곰 자리에 바닷물을 쏟아 부어,

15   북극성의 붙박이 호위 별들을 꺼버리는 것 같습니다.

저로선 성난 바다가

이렇듯 날뛰는 광경을 본 적이 없어요.

몬타노 만일 터키 함대가

항만으로 대피하지 않았다면, 침몰했을 걸세.

이런 폭풍을 견뎌내기란 불가능하지.

신사 3 등장.

신사 3 새로운 소식입니다, 여러분, 전쟁이 끝났습니다.   20

맹렬한 폭풍이 터키 군을 강타하여,

그들의 계획을 좌절시켰습니다. 베니스에서 오던 다른 배가,

대부분의 터키 함대가 처참하게 난파되고 손상된 걸 봤답니다.

몬타노 뭐라고? 정말인가?

신사 3 그 배는 여기로 입항했습니다.   25

베로나 배죠. 마이클 카시오라는,

용맹한 무어인인 오셀로의 부관이

해안가에 도착했습니다. 무어인 그분은 해상에 계신데,

이곳 싸이프러스에 대한 전권을 위임받으셨답니다.

몬타노 잘됐군. 그분은 훌륭한 총독이 되실 걸세.   30

신사 3 헌데 그 카시오란 분은, 터키 군이 패하여

위안이 된다고 하면서도, 심각해 보이셨어요.

그리고 무어인이 안전하기를 기도하고 계십니다. 두 분은 엄청나

게 강렬한 폭풍 때문에,

헤어지게 됐었답니다.

몬타노 제발 무사하셔야 할 텐데.

난 그분을 모신 적이 있었는데,   35

그분은 최고의 군인답게 지휘 통솔을 하시지. 여보게들, 바닷가
로 가세.

입항한 배도 보고,

바다와 창공의 푸른빛이

구별되지 않을 때까지 눈을 떼지 말고,

용감한 오셀로 장군님도 찾아보게 말일세.

40 **신사 3** 갑시다, 그럽시다.

시시각각으로 배가 더

입항할 것으로 예상되니까요.

카시오 등장.

카시오 이런 훌륭한 섬의 용맹한 분들께서,

이렇듯 무어인에게 찬사를 보내주시니 감사드립니다. 부디 하늘이

45 폭풍과 파도로부터 그분을 지켜주시길 바랄 뿐입니다.

그 위험한 바다에서 전 그분을 놓쳐버리고 말았으니까요.

몬타노 그분이 승선하신 배는 튼튼한가?

카시오 장군님께서 타신 배는 단단한 목재로 만들어졌고, 조타수도

뛰어난 전문가로 인정받은 사람입니다.

50 그러니 저의 희망은, 죽음에 이르지 않고,

확실히 치료될 겁니다.

[안에서: "배다, 배다, 배다!"]

전령 등장.

카시오 무슨 소란인가?

전령 시내가 텅 비었습니다. 지위고하를 막론하고 사람들이

바닷가의 벼랑 위에서, "배다!"라고 외치고 있습니다.   54

카시오 내가 바라던 대로 총독님일 겁니다.

                                                    [대포 소리.]

신사 2 예포를 쏘는 걸보니,

우리 아군인 겁니다.

카시오 부디 좀 가보시죠 선생.

그리고 우리에게 알려주시오. 누가 도착했는지 말이오.

신사 2 그리하지요.   [퇴장.]

몬타노 헌데, 여보게 부관. 장군님께서 장가를 드셨나?   60

카시오 아주 운이 좋게도, 이루 말할 수 없이 아름답고,

명성 높은 아가씨를 얻으셨죠.

글로 묘사할 수 있는 모든 미사여구를 훨씬 뛰어넘는 분으로,

인간의 정수를 담은 그 모습에는

모든 장점을 지니고 계십니다.

신사 2 등장.

그래, 누가 입항했나요?   65

신사 2 이아고라는 분인데, 장군님의 기수랍니다.

카시오 아주 때맞춰 빨리 왔군.

폭풍 그 자체도, 높은 파도와 울부짖는 바람도,

해협의 암초와 모래톱도,

70 죄 없는 배를 좌초시키는 깊은 바다 속의 반역자들도,

미인을 알아본 듯, 그 본성을

버리고, 고귀하신 데스데모나 사모님께서

안전하게 지나가도록 한 겁니다.

몬타노 어떤 여인이신가?

카시오 제가 말씀드린 그분은, 위대한 우리 대장의 대장으로,

75 대담한 이아고의 수행을 받고 계십니다.

생각한 것보다 여기에 일주일이나

빨리 도착하셨네요... 위대한 제우스신이여, 오셀로 장군님을 보

호하시고,

당신의 강력한 입김으로 그분께서 타신 배의 돛을 부풀어 오르게

하시어,

장군님께서 그분의 거대한 배와 함께 이 부두에 축복을 내리게

하시고,

80 빨리 데스데모나 사모님의 품속으로 오시게 하소서.

데스데모나, 이아고, 에밀리아, 그리고 로더리고 등장.

사기가 떨어진 우리 마음에 새로운 활력을 주시고,

싸이프러스의 모든 이에게 위안을 주소서.

아, 보십시오.

배의 보물이 해안가에 당도하셨습니다!

싸이프러스의 주민들이여, 사모님께 무릎을 꿇어 예를 표하십시요.

85 환영합니다, 사모님! 하늘의 은총이

사모님의 앞과 뒤, 그리고 사방에서

사모님을 에워싸기를 바랍니다!

데스데모나 감사합니다, 용맹스런 카시오.

우리 남편에 대한 소식 좀 알려주실래요?

카시오 장군님께서는 아직 도착하지 않으셨고, 저도 아는 바가 없습니다.

허나 장군님께서는 안전하시며, 곧 이곳으로 오실 겁니다.　90

데스데모나 아, 하지만 걱정이네요. 어쩌다 일행을 놓치셨나요?

[안에서: "배다, 배다!"]

카시오 바다와 하늘 간의 격렬한 불화가

우리 동료들을 갈라놨습니다. 허나, 잘 들어보세요! 배가 들어온

답니다.　　　　　　　　　　　　　[대포 소리.]

신사 2 성채를 향해 예포를 쏘는군요.

저걸로 봐서는 아군인 겁니다.

카시오 가서 무슨 소식인지 좀 알아보시죠.　95

[신사 2 퇴장.]

여보게 기수, 환영하네. [에밀리아에게] 환영하오, 부인.

여보게 이아고, 내가 친절을 베푼다고

화내지 말게나. 난 이렇게 대담하게

예의를 차리도록 배웠거든.　　　[에밀리아의 손에 입을 맞추며.]

이아고 부관님, 그 여자가 제게 혀를 놀려댄 만큼이나　100

부관님께 입술을 준다면,

진저리가 날겁니다.

데스데모나 어머나! 에밀리아는 말이 없는 편인데.

이아고 정말이지, 말이 너무 많죠.

전 그걸 알아봤습죠. 제가 잠이 들 때까지도 떠들어댄다는 걸 말

이죠 ―

뭐, 사모님 앞에서야, 장담컨대,

혓바닥을 가슴속에 말아 넣고,

머릿속으로만 잔소리를 해대겠지만요.

에밀리아 당신이 그렇게 말할 이유가 없을 텐데.

이아고 자, 자, 여자들은 대문 밖에서나 그림처럼 조용하지.

거실에서는 방울 종소리처럼 시끄럽고. 부엌에서는 살쾡이 같잖나.

남에게 해를 입힐 때는 성자인 체 하지만, 남에게 피해를 당하면

악마로 변하고.

집안일을 할 때는 게으름뱅이요, 잠자리에서는 바지런한 주부들이라니까.

데스데모나 어머, 창피한 줄 좀 아세요, 험담꾼 같은 이!

이아고 맞습니다요, 사실이에요. 사실이 아니면 제가 터키 놈이나 다름없죠.

당신은 일어나면 놀고, 잠자리에 들면 일을 하잖아.

에밀리아 당신은 죽어도 내 칭찬은 안 할 사람이야.

이아고 그럼, 안 하지.

데스데모나 내 칭찬을 하라면, 뭐라고 하겠어요?

이아고 아 너그러우신 사모님, 절 난처하게 만들지 마십시오.

저는 흠을 들춰내는 걸 빼면 시체거든요.

데스데모나 자, 어서 말해보세요 . . . 그런데, 누가 항구에 갔나요?

이아고 그럼요, 부인.

데스데모나 [방백] 즐겁지 않지만, 겉으로는

그렇지 않은 척해서, 속마음을 감춰야지 —

자, 내 칭찬을 어떻게 하실 건가요?

이아고 하려던 참입니다요. 허나 참으로 저의 머리통에서 나오는 이야기는 125

두꺼운 천 조각에 들러붙은 끈끈이를 떼어내 듯,

뇌를 몽땅 뽑아내는 군요. 어쨌거나 저의 뮤즈가 산통을 겪으십니다.

그리하여 자, 출산을 하셨습니다.

만일 아름답고 지혜로운 여자라면, 재색을 겸비한 거죠.

미모는 쓸모가 있고, 기지는 그걸 이용하구요. 130

데스데모나 멋진 칭찬이군요! 피부가 검고 못생겼지만 똑똑한 여자라면요?

이아고 피부가 검고 못생겼지만, 그래도 똑똑하다면,

검은 피부에 어울릴 만한, 허여멀건한 남자를 찾아내겠죠.

데스데모나 점점 나빠지는군요.

에밀리아 아름답지만 어리석다면 어떨까? 135

이아고 미인은, 결코 어리석지 않지.

바보같은 짓거리마저, 후사를 얻게 해주니까.

데스데모나 선술집의 바보들이나 웃기는, 상투적인

역설이에요. 못생기고 어리석은 여자에겐

얼마나 끔찍한 얘기를 할 건가요? 140

이아고 아무리 못생기고, 또 바보같은 여자라도,

추잡하고 음탕한 짓을 하지 않는 여자는 없습죠. 지혜로운 여자

들이 하는 그런 짓 말이죠.

데스데모나 아 정말 모르는 소리를. 최악을 최고로 칭찬하다니. 어쨌건

정말로 칭찬받을 만한 여자에게는

　　　어떤 찬사를 보낼 건가요? 장점이 확실해서

　　　참으로 악의적인 사람조차 그녀의 장점을 마땅히 보증을 하는

　　　그런 여자는요?

이아고 늘상 아름답지만, 그럼에도 결코 교만하지 않으며,

　　　말솜씨가 뛰어나지만, 그럼에도 결코 시끄럽지 않고,

　　　결코 돈이 부족하지 않지만, 그럼에도 결코 사치하지 않으며,

　　　자신의 욕망을 회피하지만, 그럼에도 "이제 그래도 돼"라고 말하

　　　는 여자.

　　　화가 나고, 복수할 기회가 가까이 있어도,

　　　피해를 당한 것을 참고, 또 불쾌함을 날려버리는 여자.

　　　대구 머리를 연어 꼬리와 바꿀 정도로

　　　결코 그렇게 어리석지 않는 여자.

　　　생각할 줄 알지만, 결코 마음을 드러내지 않고,

　　　구혼자들이 따라오는 걸 알면서도, 뒤도 돌아보지 않는 여자.

　　　그런 여자가 완벽한 여자죠. 만일 그런 여자가 있다면 말입니다.

데스데모나 뭐하기에 그렇단 거죠?

이아고 바보들에게 젖을 물리고, 맥주 한 잔 값을 가계부에 올리기에 그

　　　렇단 거죠.

데스데모나 아 정말 말도 안 되는 황당한 결론이군요. 이 사람

　　　말을 귀에 담지 마, 에밀리아. 아무리 네 남편이래도 말이지. 어떻게

　　　생각하세요, 카시오? 저 사람은 정말 상스럽고 제멋대로

　　　떠들어대는 사람 아닌가요?

카시오 저 사람은 입담이 거침없는 자랍니다, 부인. 학자라기보다

군인으로 보시면 괜찮을 겁니다.

[카시오가 데스데모나의 손을 잡는다.]

이아고 [방백] 저놈이 그녀의 손을 잡는군. 그렇지, 잘했어,

귀엣말을 해라. 그렇게 조그만 거미줄이 카시오같은

왕파리를 잡게 될 거다. 그렇지, 그녀에게 미소까지 흘려라, 그래

라. 내가

네놈의 그 예의범절을 덫으로 삼아 네놈을 잡을 테다. 네놈 말이

맞아, 정말로   170

그렇지. 이걸로 네놈이 그 부관자리를

뺏기게 되면, 네놈은 그 손가락 세 개에 그렇게 자주

입을 맞추지 않는 게 좋았을 거라고 여길 텐데 말이지. 지금 또 그렇게

아주 대단한 신사인 체를 하는군. 좋았어, 손가락에 입을 맞추길

잘했어. 훌륭한

예의범절이야.³ 정말로 그렇지. 헌데 또, 손가락을   175

입술에 갖다 대? 그 손가락이 네놈 관장기라면

좋았을 텐데 말이지 . . . [안에서 나팔 소리.] 무어인이십니다.

전 그분의

나팔 소리를 알고 있죠.

카시오 정말 그렇습니다.

데스데모나 그이를 마중하러 가죠.   180

오셀로와 수행원들 등장.

---

3. 실제로 손가락에 입을 맞추는 것은 숙녀에 대한 당시의 일반적인 인사방식이었음.

카시오 보세요, 장군님께서 오십니다!

오셀로 아 아름다운 나의 천사!

데스데모나 사랑하는 나의 오셀로!

오셀로 당신이 여기 내 앞에 있는 걸 보니

기쁘고도 매우 놀랍구려. 아 내 영혼의 기쁨!

185 태풍 후에 언제나 이 같은 평온함이 찾아온다면,

바람이 불어 죽음을 깨우고,

파도에 흔들리는 돛배가 올림포스 산처럼 높은

바다의 언덕을 넘어, 다시 하늘에서 지옥까지

저 아래로 곤두박질쳐도 상관없다오. 만일 죽어야 한다면,

190 지금이야말로 가장 행복한 순간일 것이니,

내 영혼은 너무나 온전히 기쁘기에,

알 수 없는 미래의 운명 속에서는, 그 어떤 위안도

이와 같은 것을 대신할 수 있을지 두렵기 때문이라오.

데스데모나 당치도 않아요.

194 우리가 함께하는 날이 많아질수록,

우리의 사랑과 행복은 그저 늘어나게 될 텐데요.

오셀로 그 말대로 되길 기도합니다, 다정하신 신들이여!

얼마나 기쁜지 이루 말할 수가 없구려.

가슴이 벅차 말이 안 나온다오. 너무나 기쁘오.

그리고 이것이, 그리고 이것이, [그들은 입을 맞춘다.] 우리 둘이

마음이 맞지 않아 생기는 가장 큰 잡음이길 바라오!

이아고 [방백] 오, 지금은 둘이 장단이 잘 맞는군.

허나 그런 음악을 만들어내는 줄감개를 내가 풀어버릴 테다.　200
내 정직함을 걸고 말이지.

오셀로　자, 성으로 갑시다.

기쁜 소식이오, 여러분. 전쟁은 끝났소. 터키 군은 모두 익사했소.
섬의 오랜 지인들 잘 지내셨나?
여보, 당신은 싸이프러스에서 환대를 받게 될 거요.
난 그들에게 많은 사랑을 받았었소. 아 내 사랑,　205
내가 두서없이 쓸데없는 소리를 하며,
나만의 즐거움에 빠졌구려. 여보게, 자네 이아고.
부두로 가서, 배에서 내 짐을 좀 가져오게.
자네가 선장을 성채로 모셔 오게.
그는 훌륭한 선장이고, 또 충분히　210
존경을 받을 만하지. 자 갑시다, 데스데모나.
다시 말하지만 싸이프러스에서 만나니 너무나 기쁘구려.

[이아고와 로더리고를 제외한 모두 퇴장.]

이아고　항구에서 곧 뵙겠습니다. [로더리고에게] 이리 좀
와보시죠. 흔히들, 비천한 사람도 사랑에 빠지면
타고난 본성보다 더 고상해진다고 하니 —　215
만일 당신이 용기가 있다면, 내 말 좀 들어보시오. 그 부관은
오늘밤 초소에서 사령근무를 설 겁니다. 먼저, 당신에게
이 점을 말해둬야겠소. 데스데모나는 그놈과 분명 사랑에 빠졌어요.

로더리고　그놈하고? 원, 그럴 리가 있나?

이아고　그러니 입은 다물고, 머리로 생각을 좀 해보라구요.　220

내 말을 좀 들어 보세요. 그 여자가 처음에 그 무어놈을 얼마나

격렬히 사랑했었나요?

그저 그 여자한테 허풍을 떨며, 터무니없는 거짓말을 해댄 것만

으로 말이죠. 그런데

그 여자가 그 헛소리가 좋아서 그자를 계속 사랑할까요? 분별력

이란 게 있다면

그리 생각하진 않겠죠. 그 여자도 눈요기를 해야 할 텐데,

그 악마 같은 놈을 봐야 하는 게 뭐가 그리 즐겁겠소? 재미를 보

고 난 후

열정이 식어버릴 땐, 그걸 다시

불타오르게 하고, 또 새로운 욕구를 충족시켜줘야 하는 겁니다.

외모도 멋지고, 나이도 걸맞고, 예절과

매력도 있어야 하는데, 그 무어놈에겐 그런 게 다 부족하잖소. 자,

이런 필수적인 장점들이 부족하니, 섬세하고

다정한 그 여자로선 속았다는 걸 알게 될 거고, 포식한 걸

토하기 시작하며, 그 무어놈을 혐오하고 또 증오하게 될 겁니다.

　바로 그 본능이

그 여자한테 그걸 가르쳐 줄 테고, 두 번째 선택을

하지 않을 수 없게 만들 겁니다. 자, 선생, 이건 의심할 여지가 없

어요. (이건 참으로 명백하고

또 자연스럽게 추측해 볼 수 있는 거니까요.) 카시오만큼 이런 일에

운이 뻗친 놈이 누가 있겠소? 말솜씨도 아주

좋은 놈인데다, 양심이라고는 조금도 없어서 그저

예의바르고 친절한 척하지만, 그게 다
속에 감추고 있는 음탕한 욕정을 채우기 위한 속셈에
불과한 거죠. 음흉하고 교활한 놈이며, 기회주의자랍니다. 240
수완도 좋아서 없는 기회도
만들어내는 놈이죠. 게다가,
그놈은 잘생겼고, 젊고, 또 어리석은 풋내기 계집들을
혹하게 하는 필수적인 조건들을 모두
갖추고 있죠. 치명적이고 완벽한 악당이라니까요. 그러니 그 여자가 245
벌써 그놈에게 눈독을 들인 거구요.

로더리고 그녀가 그렇다니 믿을 수가 없네. 그녀는 정말로 천사나
진배없는데.

이아고 천사라니 말도 안 되죠! 그 여자가 마시는 포도주도 포도로
만든 겁니다요. 그 여자가 천사라면, 절대로 그 무어놈을 250
사랑하지 않았을 걸요. 그 여자가 그놈 손을
만지작거리는 걸 보지 못했소?

로더리고 봤지, 하지만 그건 그저 예의상 그런 거잖나.

이아고 욕정입니다. 이 손을 걸고 맹세하죠. 욕정과 추잡한 생각의 역사
에 대한
목차요 서막이죠. 그것들은 입술이 너무 255
가까이 있어서, 숨결로 서로 껴안은 거나 같다구요.
그런 상관관계들이 그렇게 길을 안내하면, 머지않아
본선에 진출하는 거라구요. 하나가 되는
결론 말이죠. 그러니 선생, 내 말을 들으세요. 내가

선생을 베니스에서 데려 왔잖소. 오늘밤 사령근무를 서세요. 당

신이 그럴 수 있게,

내가 명령을 내리죠. 카시오는 당신이 누군질 몰라요. 내가

당신 가까이에 있을 테니, 카시오의 화를 돋울 만한

기회를 찾아보세요. 시끄럽게 떠들어 대든지, 그놈의 기량을

깔보든지, 아님 어떤 방법이든 당신 좋을 대로 말이죠.

그건 때가 되면 아주 자연스레 생길 겁니다.

로더리고 글쎄.

이아고 선생, 그놈은 경솔하고, 아주 성질이 급해서, 어쩌면

곤봉으로 당신을 때릴지도 모릅니다. 그놈이 그러도록

성질을 돋우세요. 그러면 그걸 빌미로 난 싸이프러스

사람들이 폭동을 일으키게 할 거고, 그걸 다시 가라앉히려면

카시오를 파면시키는 것 말고는, 달리 확실한 방법이

없게 될 겁니다. 그러면 당신은 욕망으로의 여정을 빨리

끝낼 수 있을 거라구요. 내가 마련해 줄 기회를 이용해서 말이죠.

그러면 그 방해물은 아주 유익하게 제거되는 겁니다. 그렇지

않으면 우리는 성공을 기대할 수 없다니까요.

로더리고 그리 하겠네. 내가 기회를 잡을 수만 있으면 말일세.

이아고 내가 보장하죠. 잠시 후 성채에서 만납시다.

난 해안가로 가서 그자의 짐을 가져와야 해서. . . 안녕히 가세요.

로더리고 잘 가게.　　　　　　　　　　　　　　　　[퇴장.]

이아고 난, 카시오가 그녀를 사랑한다고 정말로 믿어.

그 여자가 그놈을 사랑한다는 건, 그건 거의 확실하지.

그 무어놈, 비록 그놈 꼬락서니를 봐 줄 수가 없긴 하지만,

성실하고, 고결하며, 정도 많지.

그러니 내 생각에, 그놈은 데스데모나에게   285

참으로 소중한 남편이 되겠지. 이제, 나 역시 그 여자를 정말로

  사랑해.

그저 욕정 때문만은 아니고, (비록 그게

큰 죄를 짓는 게 될지는 모르지만)

그저 복수를 좀 해주려는 거지.

그 음탕한 무어놈이 내 잠자리에 뛰어들었던 건 아닌지   290

의심이 드니 말이야. 그런 생각이 들면

독약이 내 창자를 갉아먹는 것 같단 말이지.

그러니 마누라 대 마누라로 그놈과 동등해질 때까지는,

어떤 것도 내 영혼을 만족시킬 수도, 만족하게 할 수도 없을 걸.

만일 그리 못하면, 최소한 그 무어놈으로 하여금   295

아주 강력한 질투심에 빠지게 해서,

올바른 판단력을 회복하지 못하게 할 테다. 그렇게 하려면,

저 불쌍한 베니스의 쓰레기 같은 놈에게 잽싸게

사냥감을 쫓도록 재갈을 물려놨으니, 그놈이 내가 부추긴 대로만

  한다면,

난 우리 마이클 카시오를 마음대로 주물러댈 수 있을 거다.   300

무어놈에겐, 노골적으로 걸지게 그놈 험담을 하는 거고.

(카시오 역시 내 잠옷을 입은 게 아닌지 싶으니까 말이지.)

무어놈이 내게 고마워하면서, 날 좋아하게 만들고, 그래서 내게

보답을 하게 만들 테다.

그놈을 지독한 바보로 만들고,

그래서 마음의 평화와 안녕을 깨고,

미쳐버리게 만들 음모를 꾸며서 말이지. 그게 여기 있단 말이야.

허나 아직은 혼란스럽군.

악당의 민낯이란 결코 드러내 보이지 않는 거야. 사용하기 전까

지는 말이지. [퇴장.]

2장

포고문을 읽으며 전령 등장.

오셀로 장군님의 뜻을 전합니다. 우리의 훌륭하시고 용맹스런
장군님께서는, 터키 함대가 전멸했음을 알리는
소식이 방금 도착했으니,
모두들 승리를 축하하랍니다. 춤을 추고,
모닥불을 피우며, 각자 마음대로   5
주연을 즐기시오. 이런 기쁜 소식에
덧붙여, 이는 장군님의 결혼 축하연이기도 합니다. 이상으로
장군님의 뜻을 알려드렸습니다. 모든 창고를
개방하였으니, 현재 시각 5시부터
11시를 알리는 종이 울릴 때까지, 마음껏 자유롭게 즐기시오.   10
싸이프러스 섬과 우리의 훌륭하신 오셀로 장군님, 만세!   [퇴장.]

3장

[성 안의 넓은 방.]

오셀로와 카시오, 그리고 데스데모나 등장.

오셀로 여보게 마이클, 자네가 오늘밤 보초들을 살펴보게.

명예를 더럽히지 않고 끝내는 법을 배우세.

도를 넘어 놀지 않게 말일세.

카시오 이아고가 할 일을 지시해놓은 상태입니다.

5   그러나 제 이 눈으로도

살펴보겠습니다.

오셀로 이아고는 대단히 정직하지.

마이클, 수고하게. 내일 되도록 일찌감치

나와 얘기를 좀 나누세. 자, 여보, 갑시다.

과일을 샀으면 맛을 봐야건만,

10   당신과 나 사이의 사랑의 결실은 아직 맺지를 못했소.

수고들 하게.   [오셀로와 데스데모나 퇴장.]

이아고 등장.

카시오 어서 오게, 이아고. 우린 사령근무를 서야 하네.

이아고 지금은 아니죠, 부관님. 아직 10시도 안 됐습니다.

우리 장군님께서는 데스데모나 사모님에 대한 사랑 때문에 우리

를 일찌감치

물리치신 것이니, 그분을 탓하지는 말자구요. 장군님은 아직 사모님과 ₁₅

신방을 치르지도 못하셨잖아요. 게다가 사모님께서는 제우스신도

탐낼 만한

여자가 아닙니까.

카시오 아주 천하의 절세미인이시지.

이아고 게다가 장담컨대 잠자리 기술도 능란하실 겁니다요.

카시오 정말이지 아주 젊고 우아한 분이야. ₂₀

이아고 눈은 얼마나 아름다우신지! 제 생각엔 도발적인

신호를 보내는 것 같습니다요.

카시오 고혹적인 눈이지. 하지만 내 생각엔 정말로 정숙하신 것 같네.

이아고 말씀을 하실 때, 목소리는 사랑을 알리는 경적이구요.

카시오 정말로 완벽하시지. ₂₅

이아고 어쨌거나, 두 분의 신방에 행복이 깃들기를 빕니다요! 가시죠,

부관님. 제가 포도주 한 병을 가져왔습니다. 그리고 저쪽에

싸이프러스의 멋쟁이 신사 두 분이 흑인 오셀로 장군님의 건강을 위해

건배하기를 간절히 원하고 있구요.

카시오 이보게 이아고, 오늘밤은 안 되네. 난 술도 아주 약하고 ₃₀

주사도 있다네. 예법에 어긋나지 않는

다른 여흥거리가 좀 생겼으면 좋겠구만.

이아고 원, 그 사람들은 우리 친굽니다요. 딱 한 잔만 하시죠. 제가

대신 마셔드릴 테니까요.

카시오 벌써 오늘밤 한 잔 걸쳤다네. 그것도 ₃₅

살짝 물을 탄 거였지. 그런데 여기가 어떻게 변했는지 좀

보게. 불행히도 난 술이 약하다네. 그러니

이런 약점이 도드라지게 감히 더 마실 수는 없지.

이아고 아니, 이런, 잔칫날 밤이잖습니까요. 그 멋쟁이 신사들도 고대하고

40　　　있구요.

카시오 어디들 있나?

이아고 저기 문 앞에 있습죠. 부디 들어오라고 하십시오.

카시오 그러지. 하지만 내키지는 않는군.　　　　　　　　　　　[퇴장.]

이아고 저놈이 딱 한 잔만 더 하게 만들 수만 있으면,

45　　　오늘밤 벌써 한 잔을 걸쳤다니,

젊은 첩년 집의 개처럼

시비를 걸며 싸우려 들겠지. 지금 저 신물 나는 멍청이 로더리고

　　놈은,

사랑 때문에 거의 눈이 뒤집혀서는,

오늘밤 데스데모나를 위해 건배를 한답시며

술통 바닥이 드러나도록 퍼마셨겠다. 그런데 그놈이 사령근무를

50　　　설 것이고.

세 명의 싸이프러스 신사들은, 지체 높고 거만한 자들로,

자신의 명예를 지킨답시고 쉽게 성을 내지.

호전적인 이 섬의 바로 그 기질인데,

54　　　오늘밤 내가 잔이 넘치도록 퍼 먹여 취하게 만들어 놨고.

헌데 그자들 역시 사령근무를 선다 이거지. 자, 이런 술주정뱅이

　　들 속에서,

난 우리 카시오로 하여금 섬사람들 모두가 화가 나게 할만한
짓을 하게 만드는 거야.

몬타노, 카시오, 그리고 그 외 다른 사람들 등장.

이런, 저기 오는군.

내가 바라는 대로 일이 성사만 된다면,

내 배는 순풍에 돛단 듯, 파도를 타고 거침없이 달릴 것이다.

카시오 아이고, 벌써 한 잔 받아 마셨다니까요.   60

몬타노 참말로, 작은 잔이라네. 큰 잔도 아니라니까.

군인으로서 맹세하지.

이아고 어이, 술을 가져와라!

[노래한다.] 술잔을 부딪치세, 짠.

술잔을 부딪치세, 짠.   65

군인도 사람이요,

인생은 그저 순간이네.

그러니 군인도 마시게 하세.

이봐, 술 좀 가져 오라구!

카시오 어이구, 멋진 노래군.   70

이아고 영국에서 배웠습죠. 그곳 사람들은 정말로

술이 세더라구요. 덴마크 사람, 독일 사람, 그리고

배불뚝이 네덜란드 사람은 — 자, 건배! —

영국 사람에 비하면 아무것도 아니에요.

카시오 영국 사람들이 그렇게 술이 센가?   75

이아고 물론입죠. 덴마크 사람들이 취해 곯아 떨어져도 멀쩡히
　　　마신다니까요. 땀 한 방울 안 흘리고 독일 사람을 꺾어버리구요.
　　　두 번째 잔은 채우지도 않았는데 네덜란드 사람은
　　　토하고 난리죠.

80　**카시오** 우리 장군님의 건강을 위해 건배!

몬타노 나도 건배하겠네, 부관. 자네만큼 똑같이 마셔주지.

이아고 아 멋진 영국이여!

　　　[노래한다.] 스테판 왕은 훌륭한 분이었지.
　　　　　그분 바지는 겨우 1크라운짜리였지.
85　　　6펜스도 너무 비싸다고 여기셨지.
　　　　　그래서 양복쟁이를 촌놈이라고 불렀지.
　　　　　그분은 아주 유명한 분이셨지.
　　　　　허나 너는 그저 비천한 놈이지.
　　　　　나라를 망치는 건 허세라지.
90　　　그러니 넌 그 낡은 외투나 걸치라지.
　　　어이, 술 가져와!

카시오 하느님께 맹세코, 아까 것보다 더
　　　좋은 노래야.

이아고 다시 들어보실래요?

95　**카시오** 아닐세, 난 그분은 그 자리에 맞지 않는다고 보니까 말이야. 그런
　　　짓을 하는 사람은 말일세. 뭐, 하나님의 뜻인 거고, 또
　　　구원을 받아야 하는 사람이 있고, 또 구원을 받아서는 안 되는
　　　사람이 있는 거니까.

이아고 맞습니다요, 존경하는 부관님.

카시오 나로 말하자면, 장군님께든 혹은 지체 높은 어느 분께든   100
     누가 되지 않는다면, 구원받기를 바란다네.

이아고 저도 그럽습니다요, 부관님.

카시오 그래, 허나 자네만 괜찮다면, 나보다 먼저는 안 되네. 부관이
     기수보다 먼저 구원을 받게 되어 있거든. 자, 이런 얘기는
     그만하세. 우리 임무로 돌아가자구. 하나님, 우리의 죄를 용서하소서!   105
     여러분, 우리의 본 업무나 신경 씁시다. 내가 취했다고
     생각지 마세요, 여러분. 이 사람은 내 기수, 이건 내
     오른팔, 그리고 이게 내 왼팔이죠. 난 지금 취하지
     않았어요. 아주 똑바로 잘 서있을 수 있죠. 그리고 말도 아주 잘
     할 수 있다구요.   110

모두들 아주 훌륭하십니다.

카시오 그렇다면 아주 좋아요. 내가 취했다고 생각하면 안 됩니다. [퇴장.]

몬타노 망루대로 갑시다, 여러분. 자, 사령근무를 섭시다.

이아고 방금 나간 저분 말입니다.
     시저의 오른팔이 되어 명령을 내리고도 남을 만큼   115
     훌륭한 군인이죠. 허나 약점이 있는데,
     장점과 비교하자면 딱 춘분과 같습죠.
     하나가 다른 것만큼이나 길다는 겁니다. 참 안됐어요.
     오셀로 장군님은 저분을 너무 신임하고 있으나,
     언젠가는 저분의 약점으로 인해,   120
     이 섬이 뒤집어 질까봐 걱정입니다요.

몬타노 헌데 자주 저러나?

이아고 잠자기 전에 늘상 있는 전주곡입죠.

시계가 두 바퀴를 돌 때까지도 경계를 서실 걸요.

술이 저분의 요람을 흔들어 재우지 않으면 말입니다.

몬타노 장군님께

125   그런 사실을 알려드리는 게 좋겠네.

아마 모르고 계실 걸세. 그게 아니라면 심성이 착하셔서,

카시오의 장점만 높이 평가하시고,

나쁜 점은 보시지 않는 거지. 그렇지 않나?

로더리고 등장.

이아고 [그에게 방백으로] 어찌된 일이요, 로더리고?

130   제발이지, 부관을 쫓아가요, 가!   [로더리고 퇴장.]

몬타노 훌륭하신 무어인께서 그런 고질적인 약점이 있는 자 때문에

자신의 부사령관이란 자리를 위태롭게 하다니,

정말 안 된 일이군.

무어인에게

그리 말씀드리는 게 정직한 행동일 걸세.

135 **이아고** 저는 그리 못합니다. 이런 아름다운 섬을 준다고 해도 말이죠.

전 카시오 부관님을 정말로 많이 좋아합니다. 그러니 그분이 그

런 나쁜 점을

[안에서 외치는 소리: "도와줘요! 도와줘!"]

고치도록 도와 드릴 겁니다.—헌데 좀 들어보세요. 무슨 소리죠?

로더리고를 뒤쫓으며, 카시오 등장.

카시오 젠장할, 너 이 사기꾼 같은 놈, 파렴치한 놈!

몬타노 무슨 일인가, 부관?

카시오 깡패 같은 놈, 나한테 내 의무를 가르치렸다! 그렇다면 내가 네놈을   140
떡이 되게 두들겨 패줄 테다.

로더리고 날 두들겨 패겠다고?

카시오 그래도 주둥아릴 놀려? 이 사기꾼 같은 놈.   [로더리고를 때리면서.]

몬타노 여보게 부관. 제발이지 이보게, 참으시게.

카시오 이봐요, 놔요. 안 그러면 대갈통을 갈겨 버릴 테니.   145

몬타노 자, 자, 자넨 취했네.

카시오 취했다고?   [둘이 싸운다.]

이아고 [로더리고에게 방백으로] 가라니까요. 나가서 폭동이 일어났다고 외치
세요.   [로더리고 퇴장.]

안 됩니다, 부관님. 아이고, 이 양반들이.
도와줘요, 어이! ―부관님, ―이봐요, ―몬타노 경, ―이봐요, ―   150
도와줘요, 여러분. 이거 참말로 대단한 사령근무로군.

                    [종이 울린다.]

도대체 누가 종을 치는 거야? 제기랄 . . . 아니,
주민들이 다 깰 텐데. 제발이지, 부관님, 그만 하세요.
평생 치욕스러울 겁니다.

오셀로와 무기를 든 수행원들 등장.

오셀로 여기 무슨 일인가?

155 **몬타노** 젠장, 아직도 피가 나네.

다쳤어. 죽을 뻔했어.

오셀로 목숨이 아까우면 멈춰라!

이아고 그만, 그만요,

부관님, — 이봐요, — 몬타노 경, — 두 분 신사 양반, —

예의와 의무를 다 잊으셨나요?

그만하세요. 장군님께서 말씀하시잖아요. 그만하세요, 그만해. 이

무슨 꼴이람!

160 **오셀로** 아니, 어찌된 일이냐, 여봐라! 어떻게 이런 일이 일어난 것이냐?

모두 터키 놈이 돼 버린 게냐? 그래서 하늘이 오스만 놈들에게

못하게 한 짓거리를 서로에게 한 것이냐?

기독교인의 수치이니, 이런 야만적인 소동을 멈추거라.

제멋대로 분을 못 이겨, 조금이라도 다시 움직이는 자는,

165 자신의 목숨을 가볍게 여기는 것이니, 움직이는 순간 죽을 것이다.

저 끔찍한 종소리를 멈추게 해라. 조용한 섬의 분위기를

해치는구나. 무슨 일인가, 두 사람?

정직한 이아고, 슬픔에 빠져 사색이 되었군.

말해 보게. 누가 이런 일을 시작했나? 자네의 애정을 믿고 명령하네.

170 **이아고** 저는 모릅니다. 지금까지, 방금 전까지도 모두들 친구였어요.

신방에서, 잠자리에 들려고 옷을 벗는

신랑 신부 같은 사이였습니다. 헌데 갑자기,

어떤 별이 사람을 미치게 만든 것처럼,

칼을 빼들고는 서로의 가슴을 겨누며,

살벌하게 대항하더라구요. 전 이런   175

바보 같은 싸움이 어떻게 시작됐는지 말할 수가 없습니다.

차라리 이런 일에 끼어들게 한 이 두 다리를

전쟁터에서 영예롭게 잃어버렸으면 좋았을 걸 그랬습니다!

오셀로 어떻게 된 건가, 마이클. 어떻게 이렇게 자제력을 잃게 됐나?

카시오 제발 용서해 주십시오. 드릴 말씀이 없습니다.   180

오셀로 훌륭한 몬타노, 공은 더할 나위 없이 예의바른 분이었소.

젊은 나이에도 진지하고 냉철하다는 걸

세상이 다 알고 있소. 예리하게 혹평을 하는 사람들의 입에서도

당신에 대한 평판은 훌륭하오. 어찌된 일로,

그대는 이렇듯 명성을 저버리고,   185

그 훌륭한 평판을 야밤의 싸움닭으로

바꿔버린 것이오? 대답해 보시오.

몬타노 훌륭한 오셀로 장군님, 저는 중상을 입었습니다.

장군님의 부하인 이아고가—

저는 말을 아껴야겠습니다. 지금은 좀 맘이 상해서요—   190

그가 제가 알고 있는 모든 것에 대해 알려드릴 수 있을 겁니다.

저는 오늘밤

제가 한 말이나 행동이 뭐가 잘못된 건지 모르겠습니다.

자신에 대한 자비심이 때론 악덕이 된다거나,

폭력이 우리를 괴롭힐 때

자신을 방어하는 것이 죄가 되지 않는 한 말입니다.

오셀로 허어, 하늘에 맹세컨대,   195

감정이 나의 안전한 길잡이인 이성을 지배하기 시작하는군.

그리고 분노가 앞장을 서며

판단력을 흐리게 하네. 에잇! 내가 까닥하기만 하거나,

혹은 이 팔을 치켜들기만 하면, 아무리 뛰어난 자도

200   내가 내리는 질책을 피하지 못할 것이다. 말해봐라.

어떻게 이런 비열한 싸움이 시작됐으며, 누가 시작했는지를.

이런 위법행위를 저지른 것으로 판명되는 자는

비록 내 쌍둥이로, 나와 함께 태어났다 해도,

나와 연을 끊게 될 것이다. 아니, 주둔지에서,

205   아직 난세이며, 사람들 모두 두려움에 떨고 있건만,

사사로이 같은 편끼리 싸움을 하다니!

그것도 야밤에, 그리고 초소에서?

말도 안 되는 일이지. 이아고, 누가 시작했나?

몬타노 만일 자네가 편파적으로 가까운 사이라거나, 혹은 군대 동료라는

이유로,

210   조금이라도 사실과 다르게 전한다면,

자네는 군인이라고 할 수 없네.

이아고 너무 정곡을 찌르지 마십시오.

마이클 카시오 님께 해가 되는 말을 하느니,

차라리 이 혓바닥을 잘라 버리고 싶습니다.

하지만 확신컨대, 사실대로 말하는 것이

215   저분께 어떤 피해도 입히지 않을 겁니다. 이렇게 된 겁니다, 장군님.

몬타노 경과 제가 얘기를 나누던 중이었는데,

어떤 자가 살려달라고 외치며 뛰어들어 왔죠.

그리고 카시오 부관은 칼을 든 채 그자를

죽일 기세로 뒤쫓아왔구요. 장군님, 이 신사분께서는

카시오 부관을 가로막고는, 그만두라고 사정을 했습니다.   220

저는 소리를 질러대는 그자를 직접 쫓아갔구요.

그자의 고함소리에 주민들이 공포에 빠지지 않게 하려고 했죠.

(결국에는 그리 되고 말았지만요.) 그자는 발이 빨라서,

저를 따돌리고, 도망쳐 버렸습니다. 그리고 전 되돌아 와야 했던 것이,

칼이 부딪히며 떨어지는 소리를 들었거든요.   225

그리고 카시오 부관은 큰소리로 욕을 퍼붜댔는데, 오늘밤 말고는

그러시는 걸 본 적이 없습죠. 제가 돌아왔을 땐,

(잠깐 동안이었지만) 두 분이 치고받고 찌르며,

맞붙어 있는 걸 발견했습니다. 두 분이 다시 맞붙었을 때,

그때 장군님께서 직접 두 분을 떼어 놓으신 겁니다.   230

이 문제에 대해 더 보고드릴 건 없습니다.

허나 인간은 인간에 불과한지라, 훌륭한 사람도 때로는 자기 자

   신을 망각하죠.

비록 카시오 부관이 이 분께 잘못을 좀 하긴 했지만,

그건 사람이 화가 나면 자신에게 호의적인 사람도 칠 때가 있잖

   습니까.

그러니 제 생각에 카시오 부관은 분명히, 도망친 그자로부터   235

어떤 끔찍한 모욕을 당해서,

도저히 참을 수가 없었던 것 같습니다.

오셀로 난 알고 있네, 이아고.

자네는 정직하고 또 카시오를 좋아하기에 그의 죄를 가볍게 하려고,
이 문제를 에둘러 말하고 있다는 걸 말이지. 카시오, 난 자네를
  아끼지만,
240 더 이상 내 장교로 둘 수는 없네.

      데스데모나, 다른 사람들과 등장.

저것 보게, 너그러운 내 아내를 깨우지 않았나!
내 자네를 본보기로 삼을 걸세.
데스데모나 무슨 일이에요, 여보?
오셀로 이제 다 해결됐어요, 여보. 들어갑시다.
245 몬타노 경, 당신 상처는, 내가 직접 치료해 드리겠소.
이분을 모셔 가거라.   [안내를 받아 몬타노 퇴장.]
이아고, 시내를 잘 살펴보고,
이런 수치스런 소동으로 인해 심란해진 주민들을 진정시키도록 하게.
갑시다, 데스데모나. 이런 게 군인들의 삶이라오.
250 싸움질로 인해 단잠을 설치는 거지.
                          [이아고와 카시오를 제외한 모두 퇴장.]
이아고 아니, 다치셨습니까, 부관님?
카시오 그래, 어떤 치료도 소용없을 정도라네.
이아고 저런, 그러면 안 되는데!
카시오 명성 말일세, 명성. 난 명성을 잃었다네! 나에 대해
255 가장 오래 기억될 부분을 잃었으니, 이보게, 그러니 남은 건
짐승 같은 것뿐이지. 내 명성을, 이아고, 내

명성을 어쩌나!

이아고 전 정직한 놈인지라, 부관님께서 몸을

다치셨다고 생각했습죠. 명성보다는 몸을 다치는 게

더 아픈 겁니다요. 명성은 실속도 없고 몹시   260

부담만 되는 거죠. 종종 공도 없이 얻었다가, 이유도 없이

잃게 되구요. 부관님께서 자신을 그런 패배자로

여기지만 않으시면, 어떤 명성도 잃은 게 아니죠. 자, 보세요,

장군님 마음을 다시 되찾을 방법이 있다니까요. 부관님께서는 지금

그저 장군님께서 화가 났기 때문에 내쳐진 겁니다. 악감정이 있

어서라기보다   265

정책상 벌을 내리신 거죠. 마치, 거만한 사자를 겁주기 위해

죄 없는 개를 패는 격이죠. 장군님께 다시

간청을 드려보세요. 그러면 부관님 편이 되어 주실 겁니다요.

카시오 차라리 경멸해 주십사 간청을 드리겠네. 나처럼 이렇게 경박하고,

이렇듯 주정뱅이에, 또 경솔한 부하가, 그리도 훌륭하신 지휘관을   270

속이느니 말일세. 술에 취해? 그리고 앵무새처럼 지껄여대? 게다가

싸움질을 해? 허풍을 떨고? 욕을 퍼붓고? 그리고 자기 그림자에 대고

호언장담이나 해대? 아 이 보이지 않는 술

귀신아! 네놈에게 붙여진 이름이 없다면, 널 악마라고

부르리라!   275

이아고 부관님께서 칼을 빼들고 뒤쫓아 간 자는 누굽니까?

부관님께 무슨 짓을 했나요?

카시오 모르겠네.

이아고 그럴 수가 있습니까?

280 **카시오** 여러 가지 일이 떠오르지만, 확실히 기억나는 건 전혀 없다네.
싸움이 났는데, 헌데 이유는 전혀 모르겠어. 아 세상에, 사람들은 왜
자기 입에 적을 쳐 넣고, 자기 뇌를 빼가게
하는 건지! 그러곤 좋아서 흥청거리며, 즐거워하고,
박수를 쳐대며, 자신을 짐승으로 변하게 하는 거냐고!

285 **이아고** 아니, 하지만 지금은 멀쩡하시잖습니까요. 어떻게 이렇게
괜찮아지신 거죠?

카시오 주정뱅이 악마가 분노의 악마에게 기꺼이
자리를 내준 거지. 한 가지 약점이 다른
약점까지 끌어내서, 내 자신을 대놓고 경멸하게 만드는구만.

290 **이아고** 그만하세요. 부관님께선 너무 엄격한 도덕군자십니다요. 시간으로나,
장소로나, 이 나라가 처한 상황으로 볼 때,
정말로 이런 일은 일어나지 말았으면 좋았겠죠. 허나
이왕 일이 이리 되었으니, 부관님 자신에게 득이 되게, 바로 잡으
셔야죠.

카시오 장군님께 다시 복직시켜 달라고 청해야겠어. 그럼 날더러 주정뱅
이라고
하시겠지. 내가 머리가 아홉 개나 달린 히드라처럼 입이 여러 개
295 가 있더라도,
그런 대답을 들으면 입을 죄다 다물게 될 테지. 방금 전까지만 해
도 사리분별이 멀쩡하던
사람이, 점점 바보가 되더니, 금세 짐승이 돼버리다니!

모든 술잔은 저주를 받은 것이요, 거기 담긴

건 악마로다.

이아고 자, 자, 좋은 술이야말로 쓸모 있는 좋은 창조물입죠. 300

잘만 사용하면 말이죠. 더 이상 그걸 탓하지 마십시오. 그리고

존경하는 부관님, 저는 부관님께서 제가 부관님을 좋아한다는 걸

알고 계신다고 생각합니다만.

카시오 잘 알고 있습니다요, 선생. ─ 내가 취하다니!

이아고 부관님이든, 누구든 산 사람이라면, 때론 취할 때도 있기

마련입죠. 제가 어떻게 해야 할지 말씀드리죠. . . 우리 장군님의 305

사모님이 이제 장군님이신 겁니다. 제가 이렇게 말하는 데는, 다

이유가 있는 게,

장군님께서는 사모님의 재능과 매력에 대해

묵상하고, 살피며, 표현하는 데

몰두하고 계시니까요. 사모님께 솔직히 털어 놓으시고, 사모님께

다시 복직할 수 있게 도와 달라고 졸라보세요. 사모님은 310

정말 너그럽고, 정말 친절하며, 정말 기꺼이 베푸시는, 정말 축복

받은 성품이신지라,

부탁받은 것 이상으로 해주지 못하는 건 죄악이라고

여기시죠. 부관님과 남편 사이에

금이 간 곳에, 부목을 대달라고 사정을 해보세요. 그러면 제 전

재산을 걸고 말씀 드리건 데, 이번에 금이 간 두 분의 애정은 315

이전보다 훨씬 더 강해질 겁니다.

카시오 좋은 충고로구만.

이아고 진심어린 애정과 정직한 호의를 갖고 드리는 말씀입니다요.

320 **카시오** 생각해 보겠네. 그리고 아침 일찍

정숙하신 데스데모나 사모님께 간청을 드려보지. 날 위해

일을 맡아 주십사 하고 말이야. 만일 운명의 여신들이 여기서 날

가로막는다면, 가망이

없는 거고.

이아고 맞는 말씀입죠. 안녕히 주무세요, 부관님. 전 사령근무를

325 서러 가야 해서요.

카시오 그래 잘 가게, 정직한 이아고.　　　　　　　　　　　[퇴장.]

이아고 그런데 누가 감히, 내가 악역을 행한다고 할 수 있겠어?

내가 너그럽고, 솔직하게 던져 준 이 충고가,

아주 그럴 듯하니, 정말로

330 무어놈의 마음을 다시 얻게 되는 방법인데도? 마음 약한

데스데모나를 움직이기란 아주 쉬운 일이지.

솔직하게 간청을 하기만 하면 말이야. 그녀는 천성적으로

너그러운 기질을 타고났어. 게다가 그녀에게 있어

무어놈의 마음을 얻는 일이란, 그게 비록 속죄에 대한 보장이요

상징인

335 세례를 무르는 일일 지라도,

그놈의 영혼은 그녀에 대한 사랑에 완전히 얽매여 있으니,

그놈을 그렇게 하게 만들든, 그렇게 하지 않게 만들든, 원하는 대

로 할 수 있을 거야.

그녀에 대한 욕망이 그놈의 나약한 본능에

마치 신처럼 작용할 테니까. 그러니 내가 어떻게 악당이랄 수 있겠어?

카시오에게 이런 목적에 걸맞게,   340

확실히 득이 되는 방법을 가르쳐 줬는데도? 이게 바로 악마의 도

　움인 거지!

악마들이 흉악한 죄를 짓도록 만들 때는,

먼저 천사의 모습으로 유혹을 하거든.

내가 지금 그러는 것처럼 말이야. 저 정직한 바보가

데스데모나에게 자기 운명을 되돌려 달라고 매달리고,   345

또 그녀가 무어놈에게 열심히 저놈 편을 들어 청을 하는 동안,

난 그놈 귀에 이런 독약을 부어 넣을 테다.

그녀가 욕정 때문에 그놈을 다시 불러들이라고 하는 거라고 말이지.

그러면 그녀가 그놈이 잘되게 하려고 애를 쓰면 쓸수록,

그녀는 무어놈의 신뢰를 잃게 되는 거지.   350

그렇게 난 그녀의 선행에 먹칠을 하고,

그녀만의 선의를 이용해서 그 연놈들을 다

잡을 수 있는 그물을 만드는 거다.

로더리고 등장.

어쩐 일이시오, 로더리고?

로더리고　난 사냥감을 쫓아 여기 왔건만, 사냥하는

사냥개가 아니라, 뒤에서 짖어대기나 하는 개꼴일세. 돈은   355

거의 다 써버렸고, 오늘밤엔 아주 흠씬

두들겨 맞기까지 했어. 내 생각에 결말은 뻔할 거야. 고생한 대가로 난

아주 많은 경험을 얻을 테고, 결국 그리되면,

돈 한 푼 없이, 지혜나 조금 얻어서 베니스로 돌아가는 거지.

360 **이아고** 인내심이 없는 자들은 얼마나 불쌍한지!

어떤 상처인들 그저 차차 나지지 않을까?

우리가 마법이 아니라, 지혜로 일을 처리한다는 걸 당신도 아시
잖아요.

그리고 지혜를 짜내려면 시간이 걸리는 거고.

일이 잘돼 가고 있지 않나요? 카시오가 당신을 때렸지만,

365 당신은, 그렇게 조금 다친 걸로, 카시오를 파멸시켰잖아요.

비록 햇빛을 받으면 모든 것들이 다 잘 자라겠지만,

먼저 꽃이 피는 것이 열매를 맺고, 먼저 익게 마련이죠.

조금만 참으세요. 세상에, 벌써 아침이네.

일을 즐겁게 하면, 시간이 빨리 간다니까.

370 돌아가 계세요, 숙소로 가세요.

가시라구요. 나중에 더 많은 걸 알려드릴 테니까.

글쎄, 가시라구요. [로더리고 퇴장.] 몇 가지 일을 해야겠군.

내 마누라더러 사모님께 가서 카시오 편을 들라고 해야겠어.

그렇게 시켜야지.

375 그리고 난 무어놈을 잠시 떼어 놓는 거야.

그리곤 그놈이 자기 마누라한테 카시오가 애걸복걸하는 걸 볼 수
있을 때,

그놈을 데리고 들어가는 거고. 그렇지, 그거야.

내키지 않아 주저하다 계획이 물 건너가게 하지는 말자.

[퇴장.]

3막

1장

[성 앞.]

악사들과 광대를 데리고 카시오 등장.

카시오 악사들, 여기서 연주하게. 수고비는 흡족히 주겠네.

좀 짧은 걸로 하고, "안녕하십니까, 장군님"하고 인사를 드리게.

[악사들이 연주한다.]

광대 아니, 악사들, 당신들 악기는 나폴리에라도 다녀 온 게요?

그래서 그리 코맹맹이 소리[4]를 내는 겐가?

5 **제 1 악사** 뭐라구요, 선생, 뭐라구요?

광대 이게 아마, 관악기라는 겐가?

제 1 악사 네, 참말로 그렇소이다, 선생.

광대 아, 그래서 꽁지가 달린 거군.

제 1 악사 어디 꽁치가 달렸다는 건가요, 선생?

10 **광대** 아이고, 선생, 내가 알고 있는 관악기는 대부분 그렇소.

어쨌거나, 악사들, 수고비 여기 있네. 헌데 장군님께서는

여러분 음악을 너무나 좋아하셔서, 제발이지, 더 이상은 그걸로

소음을 내지 말아 달라시네 그려.

제 1 악사 알겠소이다, 선생, 그만합죠.

15 **광대** 들리지 않는 음악을 연주할 수 있다면, 다시

---

4. 당시 나폴리에는 성병이 유행했으며, 코맹맹이 소리는 성병의 증상 중의 하나임.

연주하쇼. 허나, 소문에는, 음악을 듣는 거라면, 장군님께서는
그리 좋아하지 않으신다는군.

제 1 악사 그런 음악은 없습니다요, 선생.

광대 그렇다면 피리를 가방에 집어넣게. 난 가볼 테니까. 가라고,
꺼져버려! [악사들 퇴장.] 20

카시오 거 나의 정직한 친구는 내말 좀 들어 보겠나?

광대 아뇨, 당신의 정직한 친구 말은 안 듣겠소. 당신 말은 들어보죠.

카시오 제발 그 말장난은 그만하게. 여기 적지만
금화 한 닢일세. 장군님의 부인을 시중드는
시녀가 일어나거든, 카시오라는 사람이 25
청할 말이 있다고 좀 전해주게 . . . 그래 주겠나?

광대 그분이라면 일어났습니다요, 선생. 그분이 이쪽으로 오면
전해 드리죠.

이아고 등장.

카시오 그래 주게나, 친구. [광대 퇴장.]
마침 잘 만났네, 이아고. 30

이아고 한숨도 안 잔 겁니까?

카시오 물론 못 잤지. 우리가 헤어지기 전에 날이 밝지 않았었나.
실례인 줄 알지만, 이아고,
내가 자네 처에게 사람을 보냈네. 자네 처에게,
정숙하신 데스데모나 사모님을 만날 수 있게 35
주선해 달라고 청했네.

이아고 집사람을 부관님께 바로 보내겠습니다.

그리고 무어인을 다른 곳으로 모셔갈 방법도

강구해 보겠습니다. 좀 더 편하게

말씀을 나누실 수 있게 말이죠.

40 **카시오** 그래 준다니 고맙네. [이아고 퇴장.] 피렌체 출신 중에

저 사람보다 더 친절하고 정직한 사람은 본 적이 없어.

에밀리아 등장.

에밀리아 안녕하세요, 존경하는 부관님. 불미스러운 일을 겪으셔서

유감이에요. 하지만 곧 다 잘 될 겁니다.

장군님과 사모님께서 그 일에 대해 얘기하고 계신데,

사모님께서는 부관님을 강력하게 변호하고 계십니다. 무어인이

45 답하시길,

부관께서 상처를 입힌 분은 싸이프러스에서 명성도 높고,

또 고위층과 인척 관계랍니다. 그래서 신중하고 현명하게 판단하

시건대,

부관님을 면직시킬 수밖에 없었답니다. 하지만 부관님을 아끼신

다고 분명히 말하셨어요.

그리고 청탁을 하는 사람이 없어도, 그저 장군님께서 아끼시는

마음만으로도

50 적당한 기회를 봐서,

부관님을 다시 불러들이실 거랍니다.

카시오 그래도 부탁하네.

자네가 봐서 적당한 기회가 되면,

데스데모나 사모님과 따로

잠깐 얘기할 수 있는 편의를 좀 봐주게.

에밀리아 그러시면, 들어오세요.

마음을 터놓고 얘기할 수 있는   55

곳으로 모시고 가죠.

카시오 너무나 고맙구만.   [모두 퇴장.]

2장

오셀로와 이아고, 그리고 다른 신사들 등장.

오셀로 이아고, 이 편지를 선장에게 전하고,

원로원에 내 안부를 전하도록 하게.

그 일을 마치면, 난 성벽 위를 둘러보고 있을 테니,

그리 오도록 하게.

이아고 네, 존경하는 장군님. 그리 하겠습니다.

5 **오셀로** 여러분, 성채를 둘러보실까요?

신사들 기꺼이 장군님을 따르겠습니다.   [모두 퇴장.]

3장

[같은 곳.]

데스데모나와 카시오, 그리고 에밀리아 등장.

데스데모나 안심하세요, 존경하는 카시오. 당신을 위해
내 모든 능력을 발휘해보겠어요.

에밀리아 그래주세요, 사모님. 제 남편도 이 일로 속상해 하고 있어요.
자기 일인 것처럼 말이죠.

데스데모나 아, 참 정직한 사람이야. 걱정하지 마세요, 카시오.   5
우리 남편과 당신이 다시 예전처럼
가까워지도록 만들 테니까요.

카시오 너그러우신 사모님,
마이클 카시오가 어찌 되든지 간에,
그저 사모님의 충실한 종이 되겠습니다.

데스데모나 아 부관님, 고마워요. 당신은 우리 남편을 정말 좋아하시잖아요. 10
오랫동안 그이를 모셔왔구요. 그러니 안심하셔도 돼요.
그이가 멀리하시겠지만 그건
그저 정치적인 정책상 거리를 두는 것에 불과하니까요.

카시오 네. 하지만, 사모님,
그 정치적인 정책이라는 게 너무 오래 지속될 수도 있는 거고,
혹은 아주 하찮은 음식을 먹게 되거나,   15

혹은 어떤 상황으로 인해 저절로 새끼를 낳아서,

제가 없는 상태에서, 제 자리가 채워진다면,

우리 장군님께서는 저의 사랑과 공로를 잊어버리게 되실 겁니다.

데스데모나 그건 걱정하지 마세요. 여기 에밀리아 앞에서

20 내가 부관의 자리를 보장해 드리죠.

난 우정을 맹세하면, 그걸 끝까지

지켜낼 겁니다. 우리 남편은 절대로 쉴 수가 없을 거예요.

내가 잠을 못 자게 지키면서, 인내심이 바닥이 날 때까지 말씀을

드릴 거니까요.

그이는 잠자리가 학교처럼, 식탁이 고해실처럼 느껴질 겁니다.

25 그이가 하는 모든 일을 카시오의 청탁과

연관시킬 겁니다. 그러니 기분 푸세요, 카시오.

당신 변호사는 당신의 소청을 포기하느니

차라리 죽고 말테니 말이에요.

오셀로와 이아고 등장.

에밀리아 사모님, 장군님 오십니다.

30 **카시오** 사모님, 전 가보겠습니다.

데스데모나 아니 왜요? 여기 남아서 내가 하는 말을 들어보시죠.

카시오 사모님, 나중에요. 전 마음이 아주 불편합니다.

제 의도에도 맞지 않고요.

데스데모나 그럼, 알아서 하세요. [카시오 퇴장.]

35 **이아고** 허, 마음에 안 들어.

오셀로 뭐라고 했나?

이아고 아무것도 아닙니다, 장군님. 헌데 혹시 — 무슨 일인지 모르겠네요.

오셀로 내 아내를 만나고 간 사람이 카시오가 아니었나?

이아고 카시오라구요, 장군님? . . . 아뇨, 절대로 아닙니다. 그리 생각지
          않습니다.

          저렇게 죄를 지은 듯 슬그머니 가버리다뇨.   40

          장군님께서 오시는 걸 봤을 텐데요.

오셀로 분명히 카시오였는데.

데스데모나 어쩐 일이세요, 여보?

          전 여기서 청원자와 얘기하고 있던 참이에요.

          당신의 노여움을 사서 기가 죽은 사람이요.

오셀로 누구 말이요?   45

데스데모나 그야, 당신 부관인 카시오 말이죠, 여보.

          만일 제가 당신의 총애를 받거나 혹은 당신 마음을 움직일 수 있
          는 힘이 있다면,

          지금은 뉘우치고 있으니 그분을 용서해 주세요.

          전 그분이 당신을 진정으로 사랑하는 사람인지 아닌지,

          무지로 인해 잘못한 거지, 알면서 그런 게 아닌지를,   50

          정직한 얼굴만 보면 판단할 수 있죠.

          제발 그분을 다시 불러들이세요.

오셀로 그 사람이 지금 여기서 나간 거요?

데스데모나 네, 그렇다니까요. 너무나 기가 죽어서,

          자신의 슬픔을 일부 제게 남겨놓고 간 나머지,

　저 역시 그분처럼 괴롭다구요. 여보, 그분을 다시 불러들이세요.

오셀로 지금은 안 돼요, 사랑하는 데스데모나. 나중에 그러지.

데스데모나 그럼 곧 그러실 거죠?

오셀로 조만간, 여보, 당신을 위해 그러지.

데스데모나 오늘밤 저녁 때는 어때요?

오셀로 아니, 오늘밤은 안 돼요.

데스데모나 그럼 내일 점심 때는요?

오셀로 내일은 집에서 점심을 하지 못할 거요.

　성채에서 부대장들을 만날 거요.

데스데모나 그럼 내일 밤이나, 아니면 화요일 아침은요.

화요일 정오나, 혹은 밤에, 아니면 수요일 아침에는요.

제발 시간을 알려주세요. 사흘을 넘기지

말아주시구요. 정말로 그분은 뉘우치고 있다니까요.

　게다가 그분 잘못이야, 상식적으로 생각하면,

개인적으로 비난을 받을 만한 잘못은 아니죠.

(물론 사람들 말로는, 전쟁 중에는 가장 훌륭한 군인을

본보기로 삼아야 한다고는 하지만요.) 언제 오라고 할까요?

말씀 좀 해보세요, 오셀로. 전 가슴속 깊이 생각을 좀 해 봐야겠어요.

　만일 당신이 제게 부탁을 하면 제가 거절을 할까요?

이렇게 망설이고 있을까요? 아유 참! 마이클 카시오는,

당신이 청혼할 때 같이 왔던 사람이잖아요. 그리고 여러 차례

제가 당신 흉을 보면,

당신 편을 들어 줬었잖아요. 그런데 그분을 불러들이는 게

그렇게 어려운가요? 정말이지, 저라면 훨씬 더— ⁷⁵

오셀로 부디 그만하고, 오고 싶을 때 오라고 해요.

당신에겐 아무것도 거절하지 않겠소.

데스데모나 어머, 이건 청탁이 아니에요.

이건 제가 당신한테 추울 때 장갑을 끼시라거나,

혹은 영양가 있는 음식을 드시라거나, 혹은 몸을 따뜻하게 하시

라고 청하거나,

혹은 당신 자신에게 특별히 득이 될 일을 하시라고 ⁸⁰

간청을 드리는 것과 같은 거죠. 아니, 제가 정말로

당신의 사랑을 시험해 볼 심산으로 간청을 드리는 거라면,

더 중대하고 어려운 일이라서,

들어주기가 부담스러운 걸로 하겠죠.

오셀로 당신에겐 아무것도 거절하지 않겠소.

그러니 제발 내 말 좀 들어주구려. ⁸⁵

잠시 혼자 있게 해줘요.

데스데모나 제가 당신 말을 거절하겠어요? 아니요, 쉬세요, 여보.

오셀로 가봐요, 나의 데스데모나. 금방 가겠소.

데스데모나 에밀리아, 가자. 당신 마음이 가는 대로 하세요.

당신이 뭘 하든, 전 따르겠어요. ⁹⁰

[데스데모나와 에밀리아 퇴장.]

오셀로 참으로 훌륭한 여인이야. 내 영혼이 연옥에 떨어진다 해도,

난 그대를 진정으로 사랑할 뿐이오. 만일 내가 그대를 사랑하지

않게 된다면,

우주에는 혼돈이 다시 오겠지.

이아고 존경하는 장군님,—

오셀로 뭔가, 이아고?

95 **이아고** 마이클 카시오가, 장군님께서 사모님께 구애를 하실 때,

　　　　두 분 사이를 알고 있었나요?

오셀로 알고 있었지, 처음부터 끝까지. 왜 그러나?

이아고 그저 궁금해서요.

　　　　나쁜 뜻은 없습니다.

오셀로 뭐가 궁금하다는 건가, 이아고?

100 **이아고** 저는 그분이 사모님과 구면이라고는 생각지 못 했습니다.

오셀로 아 그랬지. 우리 둘 사이를 자주 오갔었지.

이아고 정말요?

오셀로 정말이냐고? 정말이지. 뭐 잘못된 거라도 있나?

　　　　그가 정직하지 않은가?

105 **이아고** 정직하냐구요, 장군님?

오셀로 정직하냐고? 그래, 정직하냔 말일세.

이아고 제가 아는 한은 그렇습니다, 장군님.

오셀로 무슨 생각을 하는 건가?

이아고 뭘 생각하냐구요, 장군님?

오셀로 뭘 생각하냐구요, 장군님? 하늘에 맹세코, 이 친구는 내 말을 따

110 　　　라했어.

　　　　마치 뭔가 내뱉기엔 너무 끔찍한,

　　　　어떤 괴물 같은 생각을 하는 것처럼 말이지. 자넨 뭔가 다른 뜻이

있는 게야.

방금 자네가 말한 걸 들었네. 카시오가 내 아내를 만나고 갈 때,

뭔가 마음에 안 든다고 했지.

뭐가 마음에 안 든다는 건가?

그리고 내가 구혼을 하는 전 과정에서 115

카시오가 내 의논 상대였다고 했을 땐, "정말요?"라고 했지.

그리고 눈썹을 찡그리며 이맛살을 찌푸렸고.

마치 그때 어떤 끔찍한 생각을 머릿속에

숨기는 것처럼 말일세. 자네가 날 좋아한다면,

무슨 생각을 하는 건지 말해주게. 120

이아고 장군님, 제가 장군님을 좋아한다는 걸 아시잖습니까.

오셀로 자네가 그렇다고 생각하네.

그리고 자네가 애정과 정직함으로 똘똘 뭉쳐 있다는 것도 알고

있네.

또 말을 내뱉기 전에 할 말의 경중을 잰다는 것도 말이야.

그래서 자네가 이렇게 말을 끊는 게 더 두렵군.

만일 거짓으로 남을 속이는 악당이 그런다면 125

그건 상투적인 속임수겠지. 하지만 정직한 사람의 경우에,

그건 속마음을 드러내는, 숨겨 놓은 암시일 테니 말일세.

감정으로는 통제할 수 없는 거지.

이아고 마이클 카시오에 대해서는,

감히 맹세컨대, 전 그분이 정직하다고 생각합니다.

오셀로 나 역시 그렇게 생각하네.

이아고 사람은 겉과 속이 같아야 합니다.

그렇지 않은 사람은, 그렇지 않게 보였으면 좋겠습니다!

오셀로 그렇고말고. 사람은 겉과 속이 같아야 하네.

이아고 뭐 그렇다면, 전 카시오는 정직한 사람이라고 생각합니다.

오셀로 아니야, 저 말에는 뭔가 더 있는 거야.

부디 자네 생각을 말해보게나.

자네가 생각하는 대로, 그리고 아무리 나쁜 생각이라도,

아무리 나쁜 말이라도 해보게.

이아고 존경하는 장군님, 용서해 주십시오.

제가 비록 모든 명령에 복종할 의무가 있으나,

노예들에게조차 자유로운 일까지 따라야 할 의무는 없잖습니까.

제 생각을 말하라구요? 뭐, 그게 비열하고 부정한 생각이면요?

세상에 어떤 궁궐인들, 간혹 추잡한 일이

생기지 않는 곳이 있을까요? 누군들 마음속이 그리 깨끗하여,

재판이 열리는 날,

일말의 음란한 생각도 없이 적법한 생각만 하며,

재판정에 앉아 있겠냐구요?

오셀로 친구가 부당한 일을 당했다고 생각하면서도,

그런 생각을 귀띔해 주지 않는다면,

그건 친구를 배신하는 음모를 꾸미는 격이라네, 이아고.

이아고 제발 부탁입니다.

어쩌면 제가 잘못 짚은 걸지도 모릅니다.

(고백컨대, 전 천성이 못 돼서

남의 부정행위를 캐기도 하고, 종종 의심으로

있지도 않은 잘못을 만들어 내기도 하니까요.) 그러니 청하옵건대,

제가 확실치 않게 그저 추측한 것에 불과한 걸 갖고

너무 신경 쓰지 마십시오. 또 제가 의미 없이

여기저기서 본 걸로 걱정거리를 만들지도 마십시오.   155

제 생각을 알려드리는 건,

장군님의 마음의 평화를 위해서도, 장군님의 행복을 위해서도 좋

을 게 없습니다.

또한 저로서는 사내답지도, 정직하지도, 또 현명하지도 않은 거죠.

오셀로 이런 젠장!

이아고 남자에게든 여자에게든 명성이란 소중한 겁니다, 장군님.

그건 사람들의 영혼에 있어 가장 소중한 보석과 같은 거죠.   160

만일 누가 제 지갑을 훔쳐간다면, 그자는 쓰레기를 훔치는 격일

겁니다.

그건 중요하기도 하지만, 하찮기도 하니까요.

그건 제 것이었지만, 그자의 것이 된 거고, 또 수많은 사람의 것

이기도 했죠.

허나 제 명성을 훔쳐가는 자는

그걸 뺏어가서 부자가 되지는 못하겠지만,

저를 정말로 가난하게는 만들 겁니다.   165

오셀로 하늘에 맹세코 난 자네 생각을 알아낼 걸세.

이아고 그러실 순 없을 겁니다. 제 마음이 장군님 손 안에 있다고 해도

말이죠.

또 그렇게도 안 될 겁니다. 제가 그걸 보관하고 있는 한 말이죠.

아, 질투심을 경계하십시오.

170 그건 녹색 눈을 가진 괴물로, 자신의 먹잇감으로 삼는 고깃덩이를

조롱하지요. 오쟁이를 진 남자는 더없이 행복하게 살지요.

그는, 자신의 운명을 확실히 알고는, 자신에게 잘못한 사람을 사

랑하지 않으니까요. ·

그러나 아, 맹목적으로 사랑하지만 의심하고, 의혹을 품지만 열

렬히 사랑하는 자는

얼마나 고약한 시간을 보낼까요!

175 **오셀로** 아 비참해라!

이아고 가난해도 만족하는 사람은 부자나 마찬가지죠. 충분히 부유한 겁니다.

그러나 한도 끝도 없는 부자라도, 가난해질까봐 두려워하는 사람은

한겨울 살림처럼 빈궁한 것이겠죠.

하늘이시어, 모든 인간의 영혼을 질투심으로부터

지켜주소서!

180 **오셀로** 왜, 왜 그런 말을 하는 건가?

자네는 내가 질투심에 사로잡혀 살 거라고 생각하나?

달의 모양이 바뀔 때마다 그에 따라

새롭게 의심하면서? 아니지. 일단 의심이 들면,

바로 풀어버려야지. 날 염소⁵로 간주해도 좋네.

185 내가 자네 추측대로,

그런 쓸데없는 구더기 같은 억측에

---

5. 염소는 성욕과 관련된 동물임.

혼신의 힘을 다 쏟는다면 말일세. 만일 내 아내가 아름답다거나,

먹성도 좋고, 친구를 좋아하며, 거리낌 없이 말하고, 노래를 잘 부르며,

악기를 잘 켜고, 또 춤도 잘 춘다고 말한다 해도, 내가 질투를 하

　게 만들 수는 없을 걸세.

정숙한 여자에게 그런 것들은 그녀를 더욱 정숙하게 만드니까 말

　이지.　　190

또 난 내 약점 때문에 그녀가 배신을 할 거라고는

조금도 걱정하지도, 의심하지도 않을 걸세.

그녀는 자기 눈으로 날 선택했으니까 말이지. 아닐세, 이아고.

난 의심하기 전에 살펴볼 거고, 의심스러울 땐 증거를 찾을 걸세.

그리고 증거가 나오면, 길은 오로지 하나뿐이지.　　195

사랑이든 질투든 당장 끝내버리는 거지!

이아고 그리 말씀하시니 기쁩니다. 이제 장군님에 대한

저의 애정과 도리를 좀 더 솔직하게 보여 드릴

이유가 생겼으니까요. 그러니, 제가 도리상 말씀드리는 것이니만큼

그렇게 들어주십시오. 아직 증거가 있어서 말씀드리는 건 아니거든요.　　200

사모님을 주의 깊게 살펴보십시오. 카시오와 함께 계실 때 잘 감

　시하십시오.

질투하지도, 그렇다고 안심하지도 말고, 그저 살펴보십시오.

전 장군님의 타고난 아량의 결과인 그 관대하고 고결한 성품이

농락당하게 놔두진 않겠습니다. 주의 깊게 살펴보십시오.

전 우리나라 사람들의 기질을 잘 알고 있죠.　　205

베니스에서는 남편한테는 감히 보여주지 못할

음탕한 짓거리를 내놓고 한답니다. 그런 사람들에게 최선의 양심이란

그런 짓을 하지 않는 게 아니라, 들키지 않게 하는 거죠.

오셀로 정말 그렇게 생각하나?

210 **이아고** 사모님께서는 장군님과 결혼하면서 자기 아버지를 속였잖습니까.

게다가 장군님을 보고 두려워 떠는 것처럼 보였을 때야말로,

장군님을 가장 사랑하셨던 거구요.

오셀로 그랬었지.

이아고 어유, 그것 보세요.

그렇게 어린 분이 겉으로는 아닌 척 꾸미고,

아버지를 눈 뜬 장님으로 만들었으니,

215 그분께서 그게 마법이라고 생각하신 거죠. 아니 이런, 죄송합니다.

부디 용서해 주십시오.

장군님을 너무 좋아해서 그런 거니까요.

오셀로 자네에게 평생 갚지 못한 빚을 졌네.

이아고 이 일로 기분이 좀 상하신 것 같습니다만.

오셀로 전혀 그렇지 않네, 전혀 그렇지 않아.

이아고 정말로 기분이 상하신 것 같아 염려가 됩니다.

220 장군님에 대한 애정 때문에

이런 말씀을 드리는 거라고 여겨주시길 바랍니다. 허나 분명 화

가 나신 것 같습니다만,

바라옵건대, 제 말을 그저 의심스럽다는 정도를 넘어,

더 추잡한 일이나, 혹은 더 심각한 정도로 곡해하지 말아주십시오.

오셀로 그러지 않을 걸세.

이아고 만약에 그러신다면 말입니다, 장군님,   225

제 말은 생각지도 않은

끔찍한 결과를 낳게 될 겁니다. 카시오는 제가 믿을 수 있는 친굽니다.

장군님, 화나신 것 같은데요.

오셀로 아닐세, 그 정도는 아니야.

난 데스데모나가 정직하다고 생각할 뿐이네.

이아고 부디 사모님께서 늘 그러시고, 장군님께서도 늘 그리 생각하시길! 230

오셀로 게다가 어떻게 본성에서 벗어날 수 있겠나—

이아고 그렇죠, 바로 그 점입니다. 감히 솔직히 말씀드리자면,

사모님께서는 그 많은 청혼자들을 마다하셨잖습니까.

같은 나라 사람이고, 피부색과 신분도 자신과 같은 데도 말이죠.

우리가 보기에는 모든 점에서 본성에 끌릴 텐데요.   235

나원, 그런 고집을 부린다는 건

뭔가 추잡한 욕망의 냄새가 난다는 겁니다. 자연스럽지 않은 생

각 말이죠.

허나 용서해 주십시오. 직접적으로

사모님을 염두에 두고 말씀드린 건 아닙니다. 다만 제가 걱정하

는 건,

만일 사모님께서, 더 나은 판단력을 되찾으셔서,   240

장군님을 자기 나라 남자들과 비교하고는,

후회하실지도 모른다는 겁니다.

오셀로 그만 가보게. 만일 더

알아내게 되면, 알려주게. 자네 아내를

붙여서 감시하게 하고. 물러가게, 이아고.

245 **이아고** [나가면서] 장군님, 가보겠습니다.

오셀로 내가 왜 결혼을 했던가? 의심할 여지없이 저 정직한 자는

털어놓은 것보다 더, 훨씬 더 많은 것을 보고 또 알고 있는 것이야.

이아고 [되돌아오며] 장군님, 간절히 청하옵건대

이 일을 더 파헤치지 마시고, 시간에 맡기십시오.

250 비록 카시오가 자기 자리로 돌아오는 게 합당하고,

능력을 발휘해 그 직을 완수하리란 것도 분명하지만,

하지만, 부디 잠시라도 그분을 멀리하십시오.

그러시면, 그분과 그분의 수단에 대해 파악하시게 될 겁니다.

혹여 사모님께서 강력하게 혹은 열성적으로

255 그분의 복직을 요구하시는지 늘 주의해 보십시오.

그게 많은 걸 알려줄 겁니다. 그 동안에는,

저를 너무 걱정이 많은 사람이려니 생각하십시오.

(걱정할 만해서 그러는 것이긴 하지만요.)

그리고 사모님은 결백하다고 여기십시오. 제발 부탁드립니다.

260 **오셀로** 내 걱정은 말게.

이아고 그럼 이만 가보겠습니다.   [퇴장.]

오셀로 저 친구는 대단히 정직하지.

그리고 경험이 많아서, 인간관계에 대해

많은 것을 알고 있어. 만일 그녀가 길들여지지 않은 매라는 걸 확

실히 알게 되면,

265 난 그녀의 발목을 묶은 끈이 내 심장을 묶은 끈이라 해도,

휘파람을 불어 그녀를 날려 보내고, 그리고 그녀가 바람을 타고
　날아가
자기 마음대로 먹이를 찾게 하겠어. 아마도, 내가 흑인이고,
또 내실을 들락거리는 정부들처럼 말주변이
좋질 않아서거나, 혹은 세월의 골짜기로
떨어져 버렸기 때문일 거야.— 하지만 그 정도는 아닌데—　　　270
그녀는 가버렸어. 난 속았고. 그러니 내가 위안 받을 수 있는 건
그녀를 혐오하는 길뿐이겠지. 아 결혼이 저주스럽구나!
우리가 저런 우아한 창조물을 우리 것이라고 말할 수 있을지는
　몰라도,
그들의 욕망은 아니지! 난 차라리 두꺼비가 되어,
지하 토굴에서 습기나 먹고 사는 게 낫겠다.　　　　　　　　275
내가 사랑하는 여자를 한 귀퉁이나 차지하고,
다른 놈들이 이용하게 하느니 말이야. 허나 이건 위대한 사람들
　이 겪어야 할 역병이지.
특권이란 게 비천한 것들보다 나을 게 없는 거야.
이건 죽음처럼, 피할 수 없는, 운명이야.
이마에 뿔이 돋는 이런 역병조차 우리가 태동을 시작했을 때부터　280
우리에게 지어진 운명인 거지. 데스데모나가 오는군.
만일 그녀가 바람을 피웠다면, 아, 그렇다면 하늘이 스스로를 속
　인 게 되지.
믿을 수가 없어.

데스데모나와 에밀리아 등장.

데스데모나 어떻게 된 거예요, 사랑하는 오셀로?

저녁 말이에요. 당신이 초대한

285 섬의 귀족들이 당신을 기다리고 있어요.

오셀로 미안하오.

데스데모나 말하는 게 왜 그렇게 기운이 없으세요? 어디 안 좋으세요?

오셀로 두통이 있어서 그렇소, 여기 이마가.

데스데모나 이런, 사령근무 때문이에요. 금방 괜찮아질 거예요.

290 이마를 묶어드릴게요. 한 시간 내로

다시 좋아질 거예요.

오셀로 당신 손수건은 너무 작군.

[그녀가 손수건을 떨어뜨린다.]

그냥 놔둬요. 자, 같이 들어갑시다.

데스데모나 몸이 안 좋으시다니 너무 속상해요.

[오셀로와 데스데모나 퇴장.]

에밀리아 이 손수건을 얻게 되다니 기뻐라.

295 이건 사모님께서 무어인한테서 받은 첫 번째 기념품이었지.

고집불통인 우리 남편이 골백번이나

훔쳐오라고 졸라댔었는데. 하지만 사모님께서는 이 정표를 너무나

아끼셨어.

장군님께서 사모님께 이걸 항상 갖고 있으라고 당부하셨으니까.

사모님께서는 이걸 항상 지니고 다니면서,

입을 맞추고, 또 말도 걸고 했지. 자수 본을 떠서   300
이아고에게 줘야겠다. 그이가 이걸로 뭘 할지는
하늘만이 알지, 난 몰라.

난 아무것도 모르지만, 그저 그이 기분이나 맞춰주면 되지 뭐.

이아고 등장.

이아고 어쩐 일이야? 혼자 여기서 뭐해?

에밀리아 딱딱거리지 좀 말아요. 당신한테 줄 게 있으니까.   305

이아고 나한테 줄 게 있다고? 흔해 빠진 거겠지—

에밀리아 뭐?

이아고 멍청한 마누라를 뒀으니.

에밀리아 아, 그러셔? 그런데 당신은 그 손수건 대신,

나한테 뭘 줄 건데?

이아고 무슨 손수건?   310

에밀리아 무슨 손수건이냐고?

물론, 무어인이 데스데모나 사모님께 처음으로 줬던 거지.

그걸 나한테 자꾸 훔쳐오라고 했었잖아.

이아고 그걸 사모님한테서 훔쳐왔다고?

에밀리아 아니. 실은, 사모님께서 어쩌다 흘리셨다우.   315

헌데, 운 좋게, 내가 여기 있다 주웠지.

봐, 여기 있잖아.

이아고 잘했어, 이리 줘.

에밀리아 이걸로 뭘 하려고, 그렇게 정색을 하며

슬쩍해오라고 한 건데?

320 **이아고** [손수건을 낚아채며] 대체, 그게 무슨 상관인데?

에밀리아 중요한 이유가 있는 게 아니면,

돌려줘. 가여운 사모님, 그게 없어진 걸 알게 되면,

미쳐버리고 말 거라구.

이아고 아는 척하지 말고 있어. 쓸데가 있으니까.

325 가봐, 그만 가라구.   [에밀리아 퇴장.]

이 손수건을 카시오의 숙소에 흘려 놔야겠다.

그래서 그놈이 이걸 발견하게 해야지. 이렇게 자그맣고 별것도

아닌 것이

질투심에 빠져 있는 놈에겐, 성경책에 쓰여 있는 글귀처럼,

강력한 증거물이 되는 거니까. 이게 쓸모가 있을 거야.

330 무어놈은 이미 내 독약의 영향으로 변하고 있겠다.

위험한 상상은 그 자체가 독약인지라,

처음에는 맛이 나쁘다는 걸 거의 눈치 채지 못 하지만,

핏속에 조금만 들어가면

뜨거운 용암처럼 타오르거든. 내가 말한 대로야.

오셀로 등장.

335 저기 그놈이 오는군. 양귀비도, 마취제도,

세상의 어떤 수면제도,

어젯밤 네놈이 즐겼던

그 달콤한 잠에 빠지게 해주진 못할 거다.

오셀로 하,하, 날 배신해, 날?

이아고 아니, 무슨 일이십니까, 장군님? 그만 하십시오.　340

오셀로 가거라, 꺼져버려. 넌 날 고문대에 올려놨어.

맹세코, 어설프게 아느니

차라리 완전히 속는 게 낫지.

이아고 무슨 일이십니까, 장군님?

오셀로 그녀가 몰래 훔친 욕망의 시간에 대해 내가 어찌 알아챌 수 있었겠냐?

난 본 적도 없고, 그런 생각도 못했으니, 그건 날 괴롭히지도 않았지.　345

그 다음날 밤에도 난 잘 잤고, 자유롭고 즐거웠다.

그녀의 입술에서 카시오의 입맞춤의 흔적도 발견하지 못 했지.

도둑을 맞았어도, 도둑맞은 게 아쉽지 않은 사람한테는,

그걸 모르게 놔둬야 해. 그러면 그 사람은 도둑맞은 게 아니니까.

이아고 이런 말씀을 듣게 되어 송구합니다.　350

오셀로 만일 모든 장병들이,

공병대든, 누구든, 그녀의 달콤한 육체를 맛봤다 해도, 난 행복했

었겠지.

내가 아무것도 모르는 한에는 말이야. 아 이제

마음의 평화여 영원히 안녕, 기쁨이여 안녕!

깃털로 꾸민 군대와, 야망을 미덕으로 만들어주는　355

대규모의 전쟁이여 안녕! 아 안녕,

히힝 거리는 군마와, 날카로운 나팔 소리,

영혼을 뒤흔드는 북 소리, 고막을 찌르는 피리 소리,

화려한 군기, 그리고 영광스런 전쟁의 모든 특성들,

360 명예, 당당함, 그리고 화려한 의식이여 안녕!

그리고, 아 그대 살인적인 대포여, 그 넓은 주둥이는

불멸의 신 제우스의 엄청난 번개 소리를 흉내 내는구나.

안녕, 오셀로의 직업은 사라졌다!

이아고 그럴 리가 있나요, 장군님?

365 **오셀로** 나쁜 놈, 내 아내가 창녀라는 걸 증명해 봐라.

확실히 대보란 말이다. 내가 볼 수 있는 증거물을 내놔라.

그렇지 않으면, 인간의 영원한 영혼에 걸고 맹세컨대,

네놈은 눈을 뜬 나의 분노를 견디느니,

차라리 개로 태어나는 게 나았을 것이다.

이아고 그렇게 된 건가요?

370 **오셀로** 나한테 보여주든지, 아니면 최소한 증명을 해봐라.

그게 한 치도 의심할 여지가

없다는 걸 말이다. 그렇지 않으면, 네놈 목숨은 끝이다!

이아고 존경하는 장군님,—

오셀로 만일 네놈이 그녀를 중상모략하고, 그래서 날 고문하는 거라면,

375 더 이상 기도할 생각을 말거라. 참회를 그만둬라.

공포의 머리 위에 공포를 쌓아 올리거라.

하늘이 울고, 땅이 모두 놀랄 짓을 하거라.

그 어떤 짓거리를 해도 네놈에게 그보다 더 큰 저주를

더할 수는 없을 테니까.

이아고 아 신의 은총을! 아 하늘이시여 저를 지켜주소서!

380 장군님도 남자신가요? 영혼이나 정신이란 게 있으신가요?

안녕히 계십시오. 사직하겠습니다.— 아 불쌍한 바보,

넌 자신의 정직함을 오히려 약점이 되게 만들려고 사는 놈이로구나!

아 괴물 같은 세상아, 잘 봐라, 잘 봐. 아 세상 사람들아,

솔직하고 정직한 것은 안전하지가 않구나.

이런 교훈을 얻게 해주시다니 장군님께 감사드립니다. 허면 이제

　부터 전　　　　　　　　　　　　　　　　　　　　　　　　　　385

어떤 친구도 사랑하지 않겠습니다. 사랑은 이런 모욕을 가져오니까요.

오셀로 아니, 기다려. 넌 정직해야만 한다.

이아고 전 지혜로워야겠습니다. 정직함이란 건 바보 같아서,

도와주려는 자를 저버리죠.

오셀로 맹세코,

난 내 아내가 정숙하다고 생각한다. 그리고 그렇지 않다고도 생

　각하지.　　　　　　　　　　　　　　　　　　　　　　　　　390

난 네가 맞다고 생각한다. 그리고 그렇지 않다고도 생각해.

난 증거를 찾아야겠다. 그녀의 이름이, 다이애나 여신의 얼굴처럼

깨끗하던 것이, 이제는 더럽혀져, 내 이 얼굴처럼

검게 되었다. 만일 밧줄이든, 혹은 칼이든,

독약이든, 혹은 불이든, 혹은 빠져죽을 수 있는 강물이 있다면,　395

난 이걸 참고 있지만은 않을 텐데. 내가 확신할 수만 있으면 좋겠건만!

이아고 알겠습니다, 장군님. 장군님께서는 너무 흥분하셨습니다.

장군님을 이렇게 만든 게 후회스럽습니다.

확신하시길 원하시는군요.

오셀로 그래. 아니, 난 그러고 말테다.

이아고 그렇다면 그러실 수 있겠죠. 하지만, 어떻게, 어떻게 해야 확신하

실 수 있을까요, 장군님?

400 장군님께서, 구경꾼처럼 입을 떡 벌린 채,

사모님을 올라타고 있는 걸 보시려구요?

오셀로 죽어서 천벌을 . . . 아!

이아고 그들이 그런 짓거리를 하는 걸 보기란, 제 생각엔,

참으로 어려울 겁니다. 혹여 누구든

405 그들이 각자의 베개를 베고 있는 게 아니라 같은 베개를

베고 있는 걸 보게 된다면, 그들은 천벌을 받게 되겠죠. 그러니

뭘, 어떻게 하겠습니까?

제가 뭐라고 말씀드릴까요? 어떻게 해야 만족하시겠습니까?

장군님께서 그걸 보시는 건 불가능합니다.

그들이 염소처럼 호색적이고, 원숭이처럼 음탕하며,

410 발정 난 늑대처럼 추잡하고, 또 술 취한 무식쟁이처럼

미개한 바보래도 말이죠. 그래도 말씀드리겠습니다.

만일 곧장 진실의 문으로 인도하는,

그런 비방과 확실한 정황상의 단서가

장군님을 만족시켜드린다면, 장군님께서는 그걸 잡을 수 있으실

겁니다.

415 **오셀로** 나한테 그녀가 부정하다는 합당한 이유를 대라.

이아고 전 그런 일이 내키지가 않습니다.

하지만 제가 이 문제에 이렇게까지 관여하게 되었고,

또 어리석게도 정직함과 사랑으로 인해 양심의 가책을 받고 있기에,

계속하겠습니다. 최근에 제가 카시오와 같이 잤었는데,

심한 치통으로 인해,   420

제대로 잘 수가 없었습죠.

세상에는 정신력이 너무 약해서,

잠꼬대로 자신의 연애사건을 중얼대는 사람이 있는데,

카시오가 바로 그런 류의 사람이더라구요.

전 잠결에 그자가 "사랑하는 데스데모나,   425

조심합시다. 우리의 사랑을 숨기자고요"라고 말하는 걸 들었습죠.

그런 다음에 말이죠, 장군님, 그자는 제 손을 꽉 잡고 비벼대면서,

소리치더군요. "사랑하는 사람아!"라고요. 그리고는 제게 격하게

  입맞춤을 하는 게 아니겠어요.

마치 제 입술 위에서 자라고 있는 입맞춤을

뿌리째 뽑아버리려는 듯이 말이죠. 그런 다음 자기 다리를   430

제 가랑이에 올려놓고는, 한숨을 쉬며, 입을 맞추고, 그런 다음

외치더군요 "저주받은 운명아, 그대를 그 무어놈에게 주다니!"라구요.

오셀로 아 끔찍하구나, 끔찍해!

이아고 아니요, 그건 그저 그자의 꿈이었을 뿐입니다.

오셀로 하지만 그건 이미 뻔한 결론을 의미하는 거지.

이아고 그건 분명히 의심스럽긴 하죠. 꿈에 불과하긴 하지만요.   435

  그리고 그건 불확실한

  다른 증거들을 확실히 해줄 수도 있구요.

오셀로 그녀를 갈기갈기 찢어버릴 테다.

이아고 안 됩니다, 현명하셔야죠. 우린 아직 아무런 증거도 못 봤으니,

사모님은 아직 정숙하신 건지도 모릅니다. 제게 이것만 말씀해
440 　주십시오.

혹시 사모님께서, 딸기 무늬 수가 있는

손수건을 갖고 계신 걸 보신 적이 없으십니까?

오셀로 그런 걸 줬지. 내 첫 번째 선물이었네.

이아고 그런 줄 몰랐습니다. 그런데 그런 손수건으로 —

445 　그게 사모님 거라고 확신합니다만 — 오늘

카시오가 턱수염을 닦는 걸 봤습니다.

오셀로 만일 그게 그거라면, —

이아고 만일 그게 그거든, 아님 사모님의 다른 손수건이든,

다른 증거들과 함께, 사모님께는 불리한 증거죠.

오셀로 아 그 노예 같은 놈의 목숨이 사만 개라면 좋겠구나!

450 　복수를 하려면 하나로는 너무 적고, 너무 부족하지.

이제 그게 사실이란 걸 알겠다. 자 봐라, 이아고,

맹목적인 내 모든 사랑을 난 이렇게 하늘로 날려보낸다.

사라졌구나.

시커먼 복수여, 공허한 너의 지하 동굴에서 일어나거라.

455 　아 사랑아, 너의 왕관을, 그리고 내 마음속에 자리한 너의 왕좌를,

저 포학한 증오에게 넘겨라. 부어오르거라, 가슴아,

독사의 혓바닥에서 나온 독이 퍼졌으니! 　　[그는 무릎을 꿇는다.]

이아고 제발 진정하십시오.

오셀로 아, 피를, 이아고, 피를 봐야겠다!

이아고 참으시라니까요. 마음이 바뀌실 지도 모르잖습니까.

오셀로 절대로 안 바뀐다, 이아고. 저 폰틱의 바다[6]처럼 말이다.   460

그 차디찬 해류와 강력한 물길은

결코 밀려나는 썰물의 영향을 받지 않으며, 오로지

프로폰틱 해[7]와 헬레스폰트 해협[8]으로만 흘러가지.

피비린내 나는 나의 생각도 맹렬한 속도로 그러할 것이니,

할 수 있는 모든 다양한 복수가 그 연놈들을 집어삼켜 버릴 때까지는   465

하찮은 사랑을 결코 되돌아보지도, 결코 그리

되돌아가지도 않을 것이다. 이제 저기 대리석 같은 하늘에 걸고,

신성한 맹세에 합당한 예를 갖춰,

나는 여기서 내 말을 지킬 것을 맹세하노라.

이아고 아직 일어나지 마십시오.   [이아고는 무릎을 꿇는다.]

영원히 빛나는 하늘의 별들이여, 증인이 되어주소서.   470

우리를 둘러싸고 있는 천지 삼라만상이여,

여기서 이아고는 배신을 당한 오셀로 장군님을 돕기 위해

자신의 지혜와, 손과, 마음을 바쳐 전력을

다하겠음에 증인이 되어주소서. 그분으로 하여금 명령을 내리시

게 하고,

그것이 아무리 피비린내 나는 일일지라도,   475

복종하는 것이 저에게는 양심적인 일이 될 것입니다. [그들은 일어선다.]

오셀로 자네의 사랑을 기꺼이 받아들이겠네.

---

6. 흑해를 의미함.

7. 흑해와 에게 해를 잇는 마르마라(Marmara) 해의 옛 이름.

8. 터키 북서부의 좁은 해협으로 다르다넬스(Dardanelles)의 옛 이름.

입에 발린 감사의 말이 아니라, 진심일세.

그리고 당장 자네에게 일을 맡기겠네.

사흘 안에, 카시오가 살아있지 않다는 말을

들을 수 있게 해주게.

이아고 제 친구는 죽은 목숨입니다.

장군님께서 원하신 대로 될 겁니다. 하지만 사모님은 살려주십시오.

오셀로 천벌을 받을 년, 음탕한 계집. 아, 천벌을 받을 년!

자, 이제 가세. 난 들어가서

그 아름다운 악마를 죽여버릴 신속한 방법을

찾아봐야겠네. 이제 자네가 내 부관이네.

이아고 저는 영원히 장군님의 사람입니다. [모두 퇴장.]

4장

[같은 곳.]

데스데모나, 에밀리아, 그리고 광대 등장.

데스데모나 이보시게, 카시오 부관의 거처가 어딘지 아나?

광대 그분이 어디서 거짓부렁을 하는지는[9] 감히 말씀 드릴 수가 없습니다요.

데스데모나 이보게, 왜 그러나?

광대 그분은 군인입니다요. 허니 군인이 거짓부렁을 한다고 말하는 사람은 찔려죽기 십상입죠.   5

데스데모나 어서 말해보게. 그분 숙소가 어딘가?

광대 그분 숙소가 어딘지 말씀드리는 건, 제가 어디서 거짓부렁을 하는지를 말씀드리는 게 됩죠.

데스데모나 어떻게 그렇게 된다는 거지?

광대 저는 그분 숙소가 어딘지 모릅니다요. 그러니 제가 그분 숙소를 꾸며내서, 그분 거처가 여기라거나, 혹은 그분 거처가 저기라고 말씀드리는 건,   10 제 주둥이로 직접 거짓부렁을 하는 게 된다니까요.

데스데모나 여기저기 알아보고, 어딘지 알아낼 수 있겠나?

---

9. 광대는 거처를 묻기 위해 데스데모나가 사용한 단어인 lie의 뜻을 일부러 '눕다'가 아닌 '거짓말 하다'로 받아들여 말장난을 하고 있음.

광대 제가 세상 사람들과 그분에 대해 일문일답을 해보겠습니다요. 말
하자면, 전 질문을 하고
사람들은 대답을 한다는 거죠.

15 **데스데모나** 그분을 찾아서, 이곳으로 오시라고 해주게. 그분께 내가
그분 대신 우리 장군님의 마음을 움직였으니, 모든 게 잘될 것 같
다고 전해주게.

광대 그런 일이라면 사람의 지혜로 할 수 있는 일이죠. 그러니
제가 그 일을 해보겠습니다요. [퇴장.]

데스데모나 어디서 그 손수건을 잃어버렸을까, 에밀리아?

20 **에밀리아** 모르겠습니다, 사모님.

데스데모나 정말이지, 금화가 가득 든
지갑을 잃어버리는 게 차라리 낫겠어. 만일 고귀한 우리 무어인께서
마음이 바르시고, 또 질투심이 많은 사람들처럼
그렇게 비열한 데가 없는 분이라 망정이지, 그렇지 않으면 이건
그이가 나쁜 생각을
하게 만들고도 남을 일이야.

25 **에밀리아** 장군님께서는 질투를 하지 않으시나요?

데스데모나 누가? 그이가? 내 생각엔 그이가 태어나신 곳의 태양이
그런 기질은 다 태워 버린 것 같아.

오셀로 등장.

에밀리아 저기, 장군님께서 오십니다.

데스데모나 이번에는 그이 곁을 떠나지 않을 테야. 카시오를

불러들이게 해야지. 좀 어떠세요, 여보?

오셀로 괜찮소, 부인. [방백으로] 아, 숨기려니 힘들구나!

당신은 어떻소, 데스데모나?

데스데모나 저도 괜찮아요, 여보. ³¹

오셀로 손 좀 줘봐요. 손이 촉촉하군요, 부인.

데스데모나 아직 세월의 영향도 받지 않았고, 또 어떤 슬픔도 모르니까요.

오셀로 이건 다산과 자유로운 마음을 나타내지.

뜨겁고, 뜨겁고, 그리고 촉촉하니, 이 손은 ³⁵

자유분방함을 차단시킬 필요가 있어요. 단식하고 기도하며,

수행을 많이 하고, 신앙심을 발휘해서 말이오.

여기에는 젊고 음탕한 악마가 있어서,

일반적으로 반란을 일으키니까. 이건 착한 손이요,

솔직한 손이지.

데스데모나 정말로 그렇게 말씀하실 수 있겠네요. ⁴⁰

이게 바로 제 마음을 줘버린 그 손이니까요.

오셀로 자유분방한 손이지. 옛날에는 손을 주어 마음을 나타냈었소.

하지만 근래 풍속은 그저 손을 줄 뿐, 마음을 주는 건 아니더군.

데스데모나 그 문제에 대해선 뭐라고 말할 수가 없네요. 자, 자, 약속하

신 건요.

오셀로 무슨 약속 말이오, 여보. ⁴⁵

데스데모나 제가 사람을 보내서 카시오에게 당신과 얘기하러 오라고 했

어요.

오셀로 콧물이 흘러서 신경이 쓰이는군. 손수건 좀 빌려줘요.

데스데모나 여기 있어요, 여보.

50 **오셀로** 내가 준 것 말이오.

데스데모나 그건 지금 안 갖고 있는데요.

오셀로 없다고?

데스데모나 네, 정말이에요, 여보.

오셀로 그건 당신이 잘못한 거요. 그 손수건은

어떤 이집트 여자가 우리 어머니한테 드린 거였소.

55 그 여자는 마법사였는데, 사람들의 생각을

거의 읽을 수 있었답니다. 그 여자가 어머니께 말하길, 그걸 지니

고 있는 동안에는

어머니가 매력적으로 보여서, 우리 아버지가

온전히 어머니를 사랑하도록 사로잡을 수 있다는 거요. 하지만

만일 그걸 잃어버리거나,

혹은 선물로 줘버리면, 아버지 눈에

어머니는 역겨워 보이게 되고, 그래서 아버지 마음은 새로운 사

60 랑을 찾아 헤매게

될 거라는 거지. 어머니가 돌아가시면서, 그걸 내게 주셨소.

그리고 당부하시길, 내게 아내가 생기면,

그걸 아내에게 주라고 하셨고. 난 그리 한 거요. 그러니 주의를

기울이세요.

그걸 소중히 여기세요. 소중한 당신 눈처럼 말이요.

65 잃어버리거나, 혹은 남을 줘버리면, 그건 그 어떤 것과도

비교할 수 없는 그런 재앙이 될 거요.

데스데모나 그럴 리가요?

오셀로 사실이라오. 그 천에는 마법이 담겨 있어요.

태양이 200번 공전한

만큼 나이가 든 어떤 마녀가,

신들린 상태에서 바느질을 했었답니다.   70

신께 바쳐지는 누에로부터 그 명주실을 뽑았고,

신성한 처녀 미이라들의 심장에서 추출한 비약으로 염색을 한 것

이랍니다.

데스데모나 정말로, 그게 사실이에요?

오셀로 틀림없는 사실이오. 그러니 잘 간수하세요.

데스데모나 그렇다면 차라리 그걸 보지 않았더라면 좋았을걸!   75

오셀로 아니, 왜 그러시오?

데스데모나 왜 이렇게 막무가내로 다그치시는 건데요?

오셀로 잃어버렸소? 없어졌나? 말해 봐요, 어디로 사라졌소?

데스데모나 이거 큰일이네!

오셀로 뭐라?   80

데스데모나 잃어버리진 않았어요. 하지만 만약 그랬다면 어쩌시려구요?

오셀로 허어!

데스데모나 잃어버리진 않았다잖아요.

오셀로 가져와 봐요. 보여주시오.

데스데모나 뭐, 그리할 수 있어요 장군. 하지만 지금은 그러고 싶지 않네요.

이건 제 청을 물리치려는 속임수에요.   85

제발 카시오를 다시 받아들여 주세요.

오셀로 그 손수건을 가져와요. 걱정이 되는군.

데스데모나 자, 어서요.

더 뛰어난 사람을 당신은 절대로 못 만날 거예요.

오셀로 손수건!

90 **데스데모나** 제발, 카시오에 대한 얘기를 하자구요.

오셀로 손수건!

데스데모나 그분은 평생

당신의 사랑에 자신의 운명을 맡겼고,

당신과 위험을 함께 한 사람이잖아요. —

오셀로 손수건!

데스데모나 정말로, 당신 잘못이에요.

95 **오셀로** 젠장!   [퇴장.]

에밀리아 저분이 질투를 하지 않으신다고요?

데스데모나 저러시는 걸 전에 본 적이 없는데.

분명히 그 손수건에는 어떤 마력이 있나봐.

그걸 잃어버리다니 정말로 속상해.

100 **에밀리아** 남자들은 한두 해 안에 우리에게 본성을 드러내지는 않아요.

모든 남자가 그저 뱃속의 위장과 같다면, 우리 모두는 그저 음식

에 불과하죠.

그들은 우리를 게걸스럽게 먹지만, 배가 차면

다 토해버린다니까요.

이아고와 카시오 등장.

저기 좀 보세요, 카시오 부관님과 제 남편이네요.

이아고 다른 방법이 없습니다. 이 일을 할 수 있는 사람은 사모님이죠.

와, 잘됐네요! 가서, 사모님을 조르세요. 105

데스데모나 어쩐 일이세요, 카시오. 무슨 일이라도 있나요?

카시오 부인, 일전에 요청드린 것 말입니다. 간곡히 부탁드리건대,

사모님께서 손을 좀 쓰셔서 제가 다시

살아남아, 장군님의 총애를 받는 부하가 될 수 있게 좀 해주십시오.

장군님께서는 제가, 온 마음을 바쳐 110

존경해마지 않는 분이십니다. 더 이상 기다리고 있을 수만은 없

습니다.

만일 저의 위법 행위가 너무 심각한 거라,

과거의 공적이나, 혹은 지금 후회하는 것으로,

혹은 미래에 제가 약속드릴 수 있는 공로로도,

장군님의 총애를 되찾을 수 없다면, 115

그렇다는 걸 알려주시면 좋겠습니다.

그러면 저는 어쩔 수 없이 받아들이고,

다른 방책을 찾아 운명의 자비에

제 자신을 맡겨보겠습니다.

데스데모나 아아, 참으로 너그러운 카시오,

지금 내가 나서서 두둔하는 건 좋질 않아요. 120

남편이 내 남편 같지가 않아요. 그이 기분이 바뀌듯

얼굴이 바뀐다면, 알아보지도 못 할 지경이에요.

천지신명께 맹세코,

난 최선을 다해, 당신을 변호했어요.

125 그리고 너무 거침없이 말한 나머지

그이의 기분을 상하게 만들고 말았죠. 얼마 동안은 참고 계셔야

겠어요.

내가 할 수 있는 건 다 할게요. 내 자신을 위해 할 수 있는 것

그 이상으로 할 테니, 그걸로 만족하도록 하세요.

이아고 장군님께서 화가 나셨습니까?

에밀리아 방금 나가셨는데,

130 확실히 이상하게 불안해 보이셨어.

이아고 그분도 화를 내실 줄 아시나? 난 대포가 날아와,

장군님의 사병들을 공중으로 날려 버리고,

또 (악마처럼) 그분 바로 옆에서

그분의 동료를 날려버리는 걸 본 적이 있는데, [그때도 꼼짝 않던

분이] 그런 분이 화를 내실 줄 안다고?

135 그렇다면 뭔가 중요한 일인거지. 만나 뵈러 가야겠군.

화를 내셨다면, 정말로 무슨 일이 있는 거지.   [퇴장.]

데스데모나 아무쪼록 그래 주세요. 뭔가 나랏일이 분명해.

베니스에서 소식이 왔든지, 아님 여기 싸이프러스에서

어떤 설익은 음모를 알게 돼서,

140 그이의 멀쩡한 기분을 망쳐 놓은 거겠지. 그렇다면 그런 경우

문제되는 건 큰일인데도,

하찮은 일을 문제 삼는 게 남자들의 본성이고.

이 일도 그런 걸 거야. 손가락 하나가 아픈데 그냥 놔두면,

멀쩡한 다른 손가락들까지 영향을 받아서

통증을 느끼게 되니까 말이지. 그래, 우리는 145

남자들이 신이 아니라는 걸 알아야 해.

어떤 남자도 결혼식 날처럼

그렇게 다정하게 예를 차리진 않지. 다 내 탓이야, 에밀리아.

난 (경험 많은 전사도 못되면서)

그이가 무정하다고 내심 심문을 하고 있었어. 150

하지만 이제야 내가 증인에게 위증을 시켰고,

그이는 잘못 기소됐다는 걸 알겠어.

에밀리아 제발 사모님이 생각하시는 대로, 나랏일 때문이고,

사모님과 관련된

어떤 당치않은 억측이나, 질투가 아니길 바래요. 155

데스데모나 아 그럴 리가 없지. 절대로 그이가 나한테 그럴 이유가 없어!

에밀리아 하지만 질투심이 많은 사람들은 그렇게 생각하지 않을 겁니다.

그런 사람들은 이유가 있어서 질투를 하는 게 아니에요.

그저 질투심이 많기 때문에 질투를 하는 거죠. 그건 괴물이라구요.

저절로 잉태되어, 저절로 태어난다니까요. 160

데스데모나 하늘이시어, 그 괴물이 오셀로의 마음에 들어가지 못하게 해

주소서!

에밀리아 사모님, 저도 그러길 빕니다.

데스데모나 그이를 찾으러 가야겠어. 카시오, 이 근처에 계세요.

그이가 기분이 괜찮으신 것 같으면, 당신 청을 꺼내서,

최선을 다해 성사되게 해볼게요. 165

카시오 부인께 진심으로 감사드립니다.

[데스데모나와 에밀리아 퇴장.]

비앙카 등장.

비앙카 안녕하세요, 카시오 친구!

카시오 여기까지 웬일이야?

　　　잘 있었어, 예쁜 우리 비앙카?

　　　사실, 자기야, 난 자기 집에 가려던 중이었어.

170 **비앙카** 헌데 난 당신 거처로 가려던 중이었네요, 카시오.

　　　아니, 일주일이나 못 와요? 일곱 낮과 밤을요?

　　　160시간 하고도 8시간이라구요. 애인이 없는 시간은

　　　해시계보다 한 160배는 더 지루하다니까요!

　　　아 시간만 계산하는 게 얼마나 따분한지!

카시오 미안해 비앙카,

175 　　　그동안 납덩이같은 생각 때문에 괴로웠어.

　　　하지만 좀 한가해지면

　　　그간 못 간 걸 보충해 줄게. 사랑스런 비앙카,

[그녀에게 데스데모나의 손수건을 주면서.]

　　　이 자수 본을 좀 떠 줄래?

비앙카 아 카시오, 이거 어디서 났어요?

　　　이건 새로 생긴 애인한테 받은 정표 같은 거야.

180 　　　당신이 오지 않아서 이상하다 했는데, 이제 그 이유를 알겠네.

　　　그렇게 된 거죠?

카시오 허 참, 이 여자가!

어디서 그런 생각이 들었는지는 모르겠지만,

그런 추잡한 억측은 갖다 버려. 이게 어떤 여자한테서 받은,

기념품 같은 건 줄 알고 지금 질투를 하는 거군.

아니야, 정말 아냐, 비앙카.

비앙카 아니 그럼, 이게 누구 건데? 185

카시오 나도 모르지, 자기. 내 방에서 주웠어.

난 이 자수가 너무 마음에 들어. 분명히 되돌려 달라고 할 테니,

그러기 전에, 이걸 본을 떠놔야겠어.

가져가서, 좀 해줘. 그리고 지금은 그만 가보도록 하고.

비앙카 그만 가보라니, 왜 그러는데요? 190

카시오 난 여기서 장군님을 기다리고 있는 중인데,

그분이 내가 여자와 있는 걸 보면,

그건 도움도 안 될 테고, 또 내가 원하는 바도 아니거든.

비앙카 아니, 왜요?

카시오 내가 자기를 사랑하지 않아서가 아냐.

비앙카 아니 날 사랑하지 않아서예요.

제발 조금이라도 바래다줘요. 195

그리고 곧 밤에 당신을 볼 수 있는지 말해 봐요.

카시오 조금밖에는 바래다 줄 수가 없어.

여기서 기다려야 하거든. 하지만 금방 자기를 보러 갈게.

비앙카 알겠어요. 되는 대로 해야지 뭐. [모두 퇴장.]

4막

1장

[같은 곳.]

이아고와 오셀로 등장

이아고 그렇게 생각하실 겁니까?

오셀로 그렇게 생각할 거냐니 뭘 말인가, 이아고?

이아고 뭐,

몰래 입맞춤을 한다면요?

오셀로 용납할 수 없는 입맞춤이지!

이아고 아니면 사모님께서 친구와 함께 벌거벗은 채 침대에서

한 시간이나 혹은 그 이상을 같이 있었지만, 어떤 나쁜 뜻도 없었

다면요?

오셀로 벌거벗은 채 침대에 있었단 말이지, 이아고. 그런데 어떤 나쁜 뜻

도 없었다?

그건 악마를 속여 먹으려는 위선이지.

그들이 뜻한 바가 정숙한 것이라 해도, 실제로 그렇게 하면,

악마가 그들의 정조를 유혹하겠지. 그러면 그들은 천벌을 받게

되는 거고.

이아고 그렇다면 만일 그들이 아무 짓도 하지 않으면, 그건 용서 받을 수

있는 잘못이겠네요.

하지만 만일 제가 아내에게 손수건을 준다면 ―

오셀로 그렇다면?

이아고 뭐 그렇다면 그건 아내 것이 되는 거잖습니까요, 장군님. 그리고
　　　 그건 아내 것이니,

　　　 제 생각에, 그 여자는 그걸 어떤 남자한테건 줄 수 있는 거구요.

오셀로 그 여자는 자신의 정조도 지켜야 되는 사람일세.

　　　 그걸 줘버려도 되겠나?　　　　　　　　　　　　　　　　15

이아고 명성이란 본질적으로 눈에 보이지 않는 겁니다.

　　　 그걸 가질 만한 가치가 없는 것들이 대개는 그걸 갖고 있죠.

　　　 하지만 손수건으로 말하자면 —

오셀로 하늘에 맹세코, 그걸 좀 잊어버렸으면 정말 좋겠건만.

　　　 자네가 말했었지. (아, 기억이 나는군.　　　　　　　　　　20

　　　 전염병이 돈 집 위에서 까마귀가 울어대듯,

　　　 모든 게 불길하게 떠오르는군.) 그놈이 내 손수건을 갖고 있다고

　　　 했어.

이아고 네, 그게 뭐가요?

오셀로 그게 이젠 별로 괜찮지가 않군.

이아고 설령 그자가 장군님을 배신하는 걸 제가 봤다고 한들 어때서요?

　　　 아님 그자가 말하는 걸 들었다면요? 그런 악당들은 널렸습니다.　25

　　　 지들이 몸소 끈질기게 꼬드겼건,

　　　 아니면 여자 쪽에서 자발적으로 빠져들었건 간에,

　　　 여자들을 정복했거나 욕망을 채웠다 하면, 떠들어 대지 않고는

　　　 배기지를 못하죠.

오셀로 그놈이 무슨 말을 했나?

이아고 그랬습니다, 장군님. 하지만 확실히 알아두십시오.

그자는 다 잡아뗄 겁니다.

오셀로 그놈이 뭐라고 했나?

이아고 뭐, 자기가 했다고요 . . . 뭘 했다는 건지는 모르겠습니다.

오셀로 아니 뭘 했다고?

이아고 잤다고요.

오셀로 내 아내랑?

이아고 사모님하고 같이 자든, 배가 맞았든, 맘대로 생각하십시오.

오셀로 내 아내랑 같이 잤다고? 그녀와 배가 맞았다고? 흔히 우리는 여

자와 배가

맞았다고 돌려서 말하지. ― 그녀와 잤다, 젠장, 역겨워라!

손수건― 자백― 손수건! 자백을

시키고, 그리고 그놈이 한 짓에 대한 대가로 목을 매다는 거야.

먼저, 목을 매달고,

그런 다음에 자백을 시키자. 이거 치가 떨리는 군. 본능적으로

뭔가 집히는 게 없다면 이렇게 울화가 치밀어

오를 리가 없지. 그러니 내가 떨리는 건 말 때문이 아니야.

쳇! 연놈들 코가, 귀와 입술이. 그럴 리가?― 자백을 시켜?

― 손수건을?― 아 악마 같은 놈!   [실신한다.]

이아고 약효를 발휘해라,

독약아, 약효를 발휘해라. 그리하여 쉽게 속아 넘어가는 멍청이

들이 걸려들고,

또한 훌륭하고 정숙한 수많은 부인들

모두가 죄가 없더라도, 이렇듯 비난을 받게 되는 거지. 이보세요,

장군님.

장군님, 아이구! 오셀로 장군님! . . .

카시오 등장.

이보세요, 카시오 부관님?

카시오 무슨 일인가?

이아고 장군님께서 간질로 쓰러지셨습니다. 50

이번이 두 번째 발작이에요. 어제도 한 번 있었거든요.

카시오 관자놀이 근처를 문지르게.

이아고 아뇨, 그러지 마세요.

혼수상태일 때는 가만히 놔둬야 합니다.

그렇지 않으면, 입에 거품을 물고, 점점 더

사납게 광증을 일으키십니다. 보세요, 움직이시잖아요. 55

잠시만 자리를 피해주시죠.

장군님께서는 곧 정신이 드실 겁니다. 장군님께서 자리를 뜨시면,

부관님과 얘기해야 될 중요한 문제가 있습니다. [카시오 퇴장.]

어떻게 된 겁니까, 장군님? 머리를 다치지는 않으셨나요?

오셀로 날 놀리는 건가?

이아고 장군님을 놀리다뇨? 하늘에 맹세코, 아닙니다. 60

남자답게 운명을 견뎌내시길 바랄 뿐입니다!

오셀로 오쟁이 진 남자는 괴물이고, 짐승이지.

이아고 그렇다면 사람들이 많은 도시에는 짐승들도 많겠네요.

그리고 예의 바른 괴물도 많구요.

오셀로 그놈이 자백을 했나?

65 **이아고** 존경하는 장군님, 남자답게 구십시오.

그저 결혼의 멍에를 진 수염 난 사내들은 모두

장군님과 비슷한 처지라는 걸 생각하십시오. 수백만 명의 남자가 지금도

자기만의 것이라고 장담하지만

자기만의 것이 아닌 침대에서 밤마다 잠을 잡니다. 장군님의 경 우는 나은 편이죠.

70 안전하다고 생각하는 침상에서 바람난 여자에게 입술을 비비며,

그녀가 정숙하다고 생각하는 건,

아, 그건 지옥의 저주요, 마귀의 첫째가는 조롱이죠. 아니, 차라리 아는 게 나을 겁니다.

그러면 자신이 어떤 사람인지를 알기에, 그 여자가 어떤 여자인 지도 알게 될 겁니다.

오셀로 아, 자네는 현명하군. 확실히 그래.

이아고 잠시 저리 가 계십시오.

75 그저 인내심을 갖고 참고 계십시오.

장군님께서 조금 전 여기서, 슬픔으로 정신이 나가 있는 동안에 말이죠 —

그건 장군님과 같은 분께는 참으로 당치도 않은 격정이지만 —

카시오가 이곳에 왔었습니다. 제가 그자를 돌려보냈는데,

장군님께서 실신하신 걸 적당히 둘러대면서,

금방 다시 이리와, 저랑 얘기 좀 하자고 했습니다.   80

그자도 그러기로 약속했구요. 그러니 장군님께서는 몸을 숨기십시오.

그리고 여기저기 그자의 얼굴 표정에 묻어나는

조롱과 우롱, 그리고 노골적인 경멸을 눈여겨보십시오.

그자에게 다시 한 번 그 얘기를 하게 만들 테니까요.

어디서, 어떻게, 얼마나 자주, 얼마동안, 그리고 언제,   85

그자가 사모님을 만났는지, 그리고 다시 만날 건지를 말이죠.

분명히 말씀드리지만, 그자의 몸짓을 눈여겨보십시오. 정말이지,

참으시구요.

그러지 않으시면 저로선 장군님께서는 대체로 성질만 내실 뿐,

전혀 남자답지 못하다고 생각하게 될 겁니다.

오셀로 내 말 좀 들어보겠나, 이아고?

난 아주 교활하리만치 참아낼 걸세!   90

어쨌거나— 알겠나?— 아주 잔인할 정도로 말이지.

이아고 잘됐네요.

하지만 때를 맞춰 다스리셔야 합니다. 저리가 계시겠어요?

[오셀로가 물러난다.]

이제 카시오에게 비앙카에 대해 물어볼 테다.

그 계집은 욕망을 팔아

빵과 옷을 사는 창부렸다. 카시오에게 홀딱 반한   95

년이지. 많은 사람을 속이면서도, 한 사람에게 속는 게

매춘부에게 내려진 저주지.

카시오 등장.

그놈은 그 계집 얘기를 듣기만 하면, 폭소를
금치 못할 거야. 저기 오는군.

100 저놈이 웃으면 오셀로는 미쳐버릴 테고,
근거 없는 질투심 때문에
불쌍한 카시오의 웃음과, 몸짓, 그리고 경박한 몸짓을
완전히 잘못 파악 할 테지. 좀 어떠십니까, 부관님?

카시오 자네가 날 부관이라고 부르니 기분이 더 나빠지는군.

105 그 직책이 없으니 죽을 지경일세.

이아고 데스데모나 사모님을 귀찮을 정도로 찾아가 부탁을 해보세요. 그
러면 분명히 잘될 겁니다.
헌데 만일 이번 청탁 건이 비앙카의 손에 달렸다면,
일이 정말로 빨리 처리가 될 텐데 말이죠!

카시오 아이고, 불쌍한 계집이야!

오셀로 저 놈이 벌써 웃는 꼴 좀 보게!

110 **이아고** 남자를 그토록 좋아하는 여자는 본 적이 없습니다요.

카시오 아이고, 불쌍한 잡년이란. 그 계집은 정말로 날 좋아하는 것 같긴
하네.

오셀로 이젠 저놈이 슬쩍 부인하면서, 웃어버리는구나.

이아고 소문 들으셨나요, 카시오 부관님?

오셀로 이제 저놈에게 그걸 얘기해 보라고
조르는군. 그래 계속해, 말해, 말하라고.

이아고 그 계집은 부관님께서 자기랑 결혼할 거라고 떠들어대더라구요. 115
그럴 작정이세요?

카시오 하, 하, 하!

오셀로 네놈이 로마 놈처럼, 의기양양하다? 네놈이 의기양양해?

카시오 내가 그 계집과 결혼한다고? 뭐라? 그 매춘부랑?
부디, 내 판단력을 좀 믿어주게나. 120
내가 그렇게 판단력이 없다고는 생각지 말게.

오셀로 그래, 그래, 그래, 그래. 승자는 웃기 마련이지.

이아고 정말이지, 소문이 났다니까요. 부관님께서 그 계집과 결혼할 거라구요.

카시오 제발 농담 좀 그만하게.

이아고 그게 아니라면 정말로 제가 죽일 놈이죠. 125

오셀로 네놈이 날 깔봤다? 흠.

카시오 그거야 그 원숭이 같은 년이 직접 퍼뜨린 거지. 그 계집은
자기 혼자 좋아서 지레 짐작으로, 내가 저하고 결혼할 거라고 믿
는 거라고. 내가
약속을 해서 그러는 게 아니라네.

오셀로 이아고가 내게 신호를 보내는군. 이제 저놈이 그 얘기를 시작하
는 거야. 130

카시오 그 계집은 방금 전까지도 여기에 있었다네. 어딜 가나 날 쫓아다
닌다니까.
일전에는 내가 어떤 베니스 사람들하고 해안가에서
얘기를 하고 있었는데, 거기까지 그 싸구려 같은 게 왔더라구. 그
리곤 진짜로

내 목에 매달리는 거야. —

135 **오셀로** "아 사랑하는 카시오!"라고 외치는 거겠지. 저놈 몸짓을 보면

그런 뜻이야.

카시오 그렇게 매달리고, 기대고, 또 날 붙들고 눈물을 흘리는 거야. 그

렇게 날 끌어당기고,

잡아당기고, 하, 하, 하!

오셀로 지금은 그년이 어떻게 내 침실로 자신을 끌어들였는지를 말하는 거로군.

140 네놈 코가 눈앞에 보이는데, 그걸 던져줄 개가 보이질

않는구나.

카시오 이거 원, 그 계집을 그만 만나야겠어.

비앙카 등장.

이아고 이런! 저기 오는 것 좀 보세요.

카시오 정말 족제비 같은 계집이야. 정말이지, 향수를 뿌린 족제비라네.

145 왜 이렇게 날 쫓아다니는 건데?

비앙카 악마와 그 애미나 쫓아다니라고 하지. 방금

전에 나한테 준 손수건으로 뭘

어쩌란 거죠? 그걸 받다니 나도 정말 바보지. 이걸

다, 아주 똑같이 본떠 달라? 이걸 당신 방에서

150 주웠는데, 그런데 누가 그걸 거기에 뒀는지는

모른다! 이건 분명 어떤 개 같은 년이 준 정표겠지. 그런데 나한

테 그걸

본을 떠 놓으라! 자, 이게 어디서 났든지 간에,

그 화냥년한테나 주시지. 난 이걸로 아무것도 본을 뜨지 않을 테
니까.

카시오 왜 그래, 사랑스런 비앙카. 왜 그래, 왜 그러냐구?

오셀로 하늘에 맹세코, 저건 내 손수건이 분명해!   155

비앙카 오늘밤에 저녁식사 하러 올 거면, 와도 좋아요.

안 올 거면, 다음에 올 수 있을 때 오시든지.   [퇴장.]

이아고 쫓아가세요, 쫓아가.

카시오 정말로, 그래야겠어. 그러지 않으면 길거리에서 욕을 퍼붜델 테니까.

이아고 거기서 저녁식사를 하실 건가요?   160

카시오 물론이지, 그럴 걸세.

이아고 그럼, 거기서 뵙도록 하죠. 부관님과

얘기를 좀 하고 싶어서요.

카시오 부디 오게나. 올 거지?

이아고 어서 가세요, 얘기는 그만하시구요.   [카시오 퇴장.] 165

오셀로 [앞으로 나서며] 저놈을 어떻게 죽일까, 이아고?

이아고 저 자가 자신이 저지른 악행을 웃어넘기는 꼴을 보셨습니까?

오셀로 아 이아고!

이아고 그리고 그 손수건을 보셨나요?

오셀로 그게 내 것이었나?   170

이아고 장군님 거였습니다, 분명합니다. 그리고 그자가 얼마나

사모님을 어리석은 여자로 취급하던지! 사모님이 그걸 그자에게

쥈고, 그자는

그걸 자기 창녀한테 줬더라구요.

오셀로 그놈을 아홉 해에 걸쳐 죽이고 싶구나. 얼마나 훌륭한 여자고,
175 　　　　 얼마나 아름다운 여자며, 얼마나 사랑스런 여잔데!

이아고 아니, 잊으셔야만 합니다.

오셀로 그래, 그년은 오늘밤 썩어 문드러져 죽어, 천벌을 받게 되겠지.
　　　　 그년은 살아남지 못할 테니까. 그래, 내 심장은 돌로 변해버렸어.
　　　　 이걸 치니, 손이 아플 정도야. 아, 그녀보다
180 　　　 더 사랑스러운 여자는 세상에 없을 텐데. 황제 곁에
　　　　 누워서, 그에게 할 일을 명하고도 남을 여자지.

이아고 아니, 그러시면 안 됩니다.

오셀로 그년을 목매달아라! 난 그저 그녀가 어떤 사람인지 말할 뿐이네.
　　　　　 바느질 솜씨도
　　　　 훌륭하고, 음악에도 재주가 뛰어나지. 아, 그녀가 노래하면
185 　　　 사나운 곰도 순해지는데. 그렇게 재치도 넘치고
　　　　 창의력이 풍부한데!

이아고 그렇기 때문에 사모님은 더 나쁜 겁니다.

오셀로 천 배로, 천 배로 나쁘지. 하지만 성품은 얼마나
　　　　 너그러운지!

190 **이아고** 네, 너무 너그러우시죠.

오셀로 그래, 그건 확실해. 하지만 애석하구나, 이아고.
　　　　 오 이아고, 애석하구나, 이아고!

이아고 사모님의 부정행위를 알고도 그리 좋으시다면, 그분께 죄를 저질
　　　　 러도 된다는
　　　　 특권을 주지 그러십니까. 장군님께서 상관하지 않으시면, 아무도

상관하지 않을 테니까요.   195

오셀로 그년을 갈기갈기 찢어 버리겠어. . . 날 오쟁이를 지게 하다니!

이아고 아, 추잡한 여자죠.

오셀로 그것도 내 장교하고!

이아고 그건 더 추잡하죠.

오셀로 독약을 가져와라, 이아고. 오늘밤에 가져와라.   200

그년의 몸과 아름다움이 내 결심을 다시 흔들어 놓지 못하게,

그년을 타이르지 않으련다. 오늘밤이다, 이아고.

이아고 독약으로 그러지 마십시오. 침대에서 목을 조르세요. 사모님이

더럽힌 그 침대에서 말이죠.

오셀로 좋아, 좋아. 그에 대한 대가로 좋겠군. 아주 좋아.   205

이아고 그리고 카시오는, 제가 그자를 처리하게 해주십시오. 자정까지는

더 많은 소식을 듣게 해드리겠습니다.

오셀로 아주 훌륭해. [안에서 나팔 소리.] 이게 무슨

나팔 소리지?

로도비코, 데스데모나, 그리고 수행원들 등장.

이아고 베니스에서 무슨 소식이 왔겠죠. 분명합니다. 로도비코 경이시네요.   210

공작님께서 보내셨을 겁니다. 보세요, 사모님께서 함께 오시네요.

로도비코 훌륭하신 장군께 신의 가호가 있기를 비는 바요!

오셀로 진심으로 환영합니다, 경.

로도비코 공작님과 베니스의 의원님들께서 장군께 안부를 전하라고 하

셨소.

[그에게 편지를 전한다.]

오셀로 그분들의 문서에 입을 맞추며 기꺼이 받잡겠습니다.

[편지를 개봉하고 읽는다.]

215 **데스데모나** 무슨 일이예요, 로도비코 오라버니?

이아고 뵙게 되어 기쁩니다, 나리. . .

싸이프러스에 오신 걸 환영합니다.

로도비코 고맙네. 카시오 부관은 잘 있나?

이아고 잘 지내십니다, 어르신.

220 **데스데모나** 오라버니, 그분과 제 남편 사이에

고약한 불화가 생겼어요. 하지만 오라버니께서 잘 해결해 주실

수 있을 거예요.

오셀로 그리 믿는가?

데스데모나 뭐라구요?

오셀로 [편지를 읽는다.] "장군은 이 일을 반드시 이행하시오. 그것은 장군

이. . ."

225 **로도비코** 널 부른 게 아니란다. 편지를 읽느라고 바쁘잖니.

네 남편과 카시오 사이에 불화가 있다고?

데스데모나 대단히 불행한 일이에요. 두 사람을 화해시키기 위해서는

무슨 일이든지 하려구요. 카시오를 아끼니까요.

오셀로 천벌을 받을 것!

데스데모나 뭐라구요?

오셀로 당신 제 정신이요?

데스데모나 뭐지? 화가 나셨나?

로도비코 편지 때문에 기분이 상했나 보구나. 230

내 생각에는, 본국으로 귀환하라는 명령이 내려졌고,

통치권은 카시오에게 위임시킨 것 같단다.

데스데모나 정말이지, 잘 됐네요.

오셀로 그렇겠지!

데스데모나 여보, 뭐라구요?

오셀로 당신이 미친 걸 보니 기쁘군.

데스데모나 왜 그러세요, 사랑하는 오셀로?

오셀로 악마 같은 것!　　　　　　　　　　　　[그녀를 때리며.]　235

데스데모나 전 이런 일을 당할 만한 짓을 하지 않았어요.

로도비코 장군, 베니스에서는 이런 일이 있을 거라곤 믿지 않을 거요.

내가 봤다고 맹세를 해도 말이요. 너무 심하셨소.

누이에게 사과하세요, 울고 있잖소.

오셀로 아 악마야, 악마!

대지가 여자들의 눈물로 아이를 만든다면, 240

저 여자가 흘리는 눈물방울마다 악어가 태어나겠지.

내 눈 앞에서 꺼져 버려!

데스데모나 여기 남아서 당신 기분을 상하게 하고 싶지 않아요. [가면서.]

로도비코 참으로, 순종적인 여인입니다.

부탁이니, 저 애를 다시 부르세요.

오셀로 부인! 245

데스데모나 네, 여보!

오셀로 저 여자와 어떤 볼 일이 있으신가요, 경?

로도비코 누가요? 나 말이요, 장군?

오셀로 그렇습니다. 제가 저 여자를 다시 부르길 원하셨잖소.

로도비코 경, 저 여자는 돌아왔다, 또 돌아오고, 그리고 계속 그렇게

250   다시 돌아올 수 있죠. 그리고 울 수도 있습니다, 경, 울 수도 있어요.

그리고 저 여자는 순종적이죠. 말씀하신 대로, 순종적이랍니다.

아주 순종적이에요. 계속 울어보지 그래.

이 일에 대해선 말이죠, 경,—아 감정을 잘도 속이지!—

전 본국으로 귀환 명령을 받았습니다.—가보지 그래,

255   곧 사람을 보낼 테니.—경, 전 명령에 따라,

베니스로 돌아가겠습니다.—꺼지라고, 꺼져!

[데스데모나 퇴장.]

카시오가 제 일을 맡을 겁니다. 그리고 경, 오늘밤에

저녁식사를 같이 하시길 청합니다.

싸이프러스에 오신 걸 환영합니다, 경. 염소와 원숭이 같이 음탕

한 것들!   [퇴장.]

260 **로도비코** 저 사람이 그 고귀한 무어인인가? 우리 의원 모두가

모든 면에서 유능하다고 했던 그 사람인가? 저것이 흥분해도 동

요하지 않는다던,

그 고귀한 천성인가? 그의 견고한 미덕은

그 어떤 우발적인 사건의 창으로도, 그 어떤 위협의 화살로도

과녁을 스치거나, 뚫을 수 없다 했던가?

이아고 장군님께서는 많이 변하셨습니다.

265 **로도비코** 정신은 온전한가? 머리가 이상해진 건 아니고?

이아고 지금 보신 그대로십니다. 저로선 그분이 어떨 거라며,

　　　　비난을 내뱉을 수는 없습죠. 만일, 장군님께서 혹시 정상이 아니

　　　　시라면,

　　　　모쪼록 그러시길 하늘에 바랄 뿐입니다요!

로도비코 아니, 자기 아내를 때려?

이아고 정말이지, 그건 그리 좋은 일은 아니죠. 하지만 모쪼록 그 손찌검이

　　　　최악이기를 빕니다요!

로도비코 습관적인가?　　　　　　　　　　　　　　　　　　　　　　　270

　　　　아니면 그 편지가 성질을 건드려서,

　　　　처음으로 그런 잘못을 저지른 건가?

이아고 아이고, 이런!

　　　　저로선 보고 들은 걸

　　　　다 말씀 드리는 게 정직한 건 아니라서요. 직접 그분을 살펴보시면,

　　　　그분 자신의 행동이 그분을 그대로 말해줄 겁니다.　　　　275

　　　　그러니 저는 말을 아끼겠습니다. 그저 뒤따라 가셔서,

　　　　계속 그러시는지 눈여겨보시죠.

로도비코 내가 저 사람을 잘못 보다니 유감이군.　　　　　[모두 퇴장.]

2장

오셀로와 에밀리아 등장.

오셀로 그럼, 아무것도 못 봤다고?

에밀리아 들은 적도, 의심한 적도 없습니다.

오셀로 하지만 카시오랑 집사람이 같이 있는 건 봤겠지.

에밀리아 그렇지만 이상한 건 못 봤습니다. 그리고 두 분 사이에

오간 말은 전부 들었습니다.

오셀로 뭐라? 둘이 속삭인 적이 없다고?

에밀리아 전혀요, 장군님.

오셀로 자네를 밖으로 내보낸 적도 없고?

에밀리아 전혀요.

오셀로 자기 부채건, 가면이건, 혹은 장갑이건, 뭐든 가져오란 적도?

10 **에밀리아** 전혀요, 장군님.

오셀로 그거 이상하군.

에밀리아 장군님, 사모님께서 결백하다는 걸 감히 보증합니다.

제 영혼을 걸겠습니다. 만일 달리 생각하신다면,

그런 생각을 버리십시오. 장군님 마음만 상하게 하시는 겁니다.

15 만일 어떤 비열한 놈이 그런 생각을 장군님 머릿속에 집어넣었다면,

그놈은 벼락을 맞는 천벌을 받게 될 겁니다.

사모님께서 결백하지 않거나, 정숙하고 진실되지 않다면,

이 세상에 행복한 남자는 한 명도 없을 거고, 가장 순결한 여자도

중상모략대로 추잡해질 겁니다.

오셀로 집사람한테 이리 오라고 하게. 가보게.　　　　　[에밀리아 퇴장.]

말은 그럴싸해. 하지만 멍청한 뚜쟁이도　　　　　　　　　　　　20

그렇게 말할 수밖에 없겠지. 그 여자는 교활한 창녀야.

고약한 비밀을 걸어 잠가 논 옷장과 같지.

그런데도 무릎을 꿇고 기도를 할 테지만. 난 그것이 그러는 걸 봤었어.

　　　　　　　　데스데모나와 에밀리아 등장.

데스데모나 여보, 무슨 일이세요?

오셀로 이리 좀 와 봐요.

데스데모나 무슨 일로 그러시는데요?

오셀로 당신 눈 좀 봅시다.　　　　　　　　　　　　　　　　　25

내 얼굴 좀 봐요.

데스데모나 무슨 끔찍한 생각을 하시는 거죠?

오셀로 [에밀리아에게] 본인 역할을 하시죠, 부인.

재미 볼 사람들은 내버려 두고, 문을 닫으라고.

만일 누가 오면, 기침을 하든, 헛기침을 하든 하고 말이야.

자네 장사를 하라고, 장사를. 그래, 빨리 가라고.　　　　　30

　　　　　　　　　　　　　　　　　　　[에밀리아 퇴장.]

데스데모나 이렇게 무릎을 꿇고 물어볼게요. 그 말이 무슨 뜻이죠?

역정이 나서 그러시는 건 알겠는데,

무슨 의미인지는 모르겠어요.

오셀로 대체, 당신은 누구지?

35 **데스데모나** 당신 아내잖아요, 여보. 당신의 진실되고 충실한 아내요.

오셀로 자, 그럼 그걸 맹세하고, 스스로 천벌을 받지 그래.

흡사 천사처럼 보이니, 악마들조차

당신을 잡아가길 두려워해선 안 되니까 말이야. 그러니 두 배로

천벌을 받도록 해.

결백하다고 맹세를 하라고.

데스데모나 그렇다는 걸 하늘이 확실히 아실 거예요.

40 **오셀로** 하늘이 확실히 알겠지. 당신이 지옥처럼 배신을 했다는 걸.

데스데모나 누구를 배신했다는 거죠, 여보? 누구랑요? 어떻게 배신을 했

단 건가요?

오셀로 아 데스데모나, 가거라! 가! 가버려!

데스데모나 아아 속상해라. 왜 우시는 거예요?

저 때문에 우시는 건가요, 여보?

45 당신을 베니스로 불러드린 게 우리 아버지 때문이라고 의심하는 거면,

그건 제 탓이 아니에요. 당신이 그분을 잃었다면,

뭐, 저 역시 그분을 잃었잖아요.

오셀로 고통으로 나를 시험하는 것이

하늘의 뜻이었다 해도, 아무것도 쓰지 않은 내 머리 위에

50 모든 종류의 상처와 수치심을 퍼붓고,

입성까지 가난에 찌들게 하며,

날 포로로 만들어 모든 희망을 앗아갔다 해도,

난 내 영혼의 한 구석에서나마

한 조각의 인내심을 찾을 수 있었을 텐데. 허나, 아아, 날

시계의 고정된 숫자로 만들어, 경멸의 시간으로 하여금　55

미동도 않듯 천천히 가는 그 시계 바늘로 손가락질을 하다니...

　아, 아.

하지만 난 그것도 잘 참을 수 있어, 아주 잘.

그러나 그곳은, 내 마음을 간직해 둔 그곳은,

내가 살아야 하든지, 혹은 삶을 견뎌내지 말든지 해야 하는 그곳은,

내 생명의 물줄기가 흐르는 샘이건만.　60

그곳에서 버림을 받느니, 차라리 그곳을 말라붙게 하라지.

아니면 웅덩이로 만들어, 더러운 두꺼비들이

엉겨 붙어 알을 까게 하든지! 그곳을 외면하거라,

인내심이여. 장밋빛 입술의 젊은 천사인 네가

여기서 보니 지옥처럼 험상궂구나!　65

데스데모나 고귀하신 우리 남편께서는 제가 결백하다고 생각하시길 바래요.

오셀로 아, 그렇지. 알을 슬자마자 나오는

여름철 도살장의 파리처럼 말이야.

아 독초 같은 것, 넌 왜 이리 사랑스럽고 아름다운 것이냐?

너의 향기는 너무나 달콤하여, 너로 인해 감각이 쑤실 지경이다.　70

너 같은 건 아예 태어나지 말았으면 좋았을 텐데!

데스데모나 아아, 전 알지도 못하는 무슨 죄를 졌다는 거죠?

오셀로 아름다운 이 종이는, 가장 멋진 이 책은,

그 위에 "창녀"라고 쓰려고 만들어졌던가? 뭐라? 무슨 죄를 졌냐고?

무슨 죄를 졌냐니! 아 이 천하의 매춘부하곤!

네 행실을 입에 올리기만 해도,

내 두 뺨은 바로 용광로가 되어,

너의 정숙함을 모두 태워 재로 만들어 버릴 텐데. 무슨 죄를 졌냐니!

하늘은 그것 때문에 코를 틀어막고, 달은 못 본 체 외면을 하는데,

자신이 만나는 모든 것과 입을 맞추는 음탕한 바람도,

깊은 땅굴에 숨을 죽이고,

그걸 들으려고 하지 않을 텐데. 무슨 죄를 졌냐니, ―

뻔뻔스런 매춘부!

데스데모나 하늘에 맹세코, 당신이 잘못 알고 계신 거예요.

오셀로 네가 매춘부가 아니라고?

데스데모나 아니에요, 제가 기독교인인 것처럼 말이에요.

만일 남편을 위해 이 몸을

다른 혐오스럽고 추잡스런 부당한 손길로부터 지키는 것이,

매춘부가 되는 것이 아니라면, 전 매춘부가 아니에요.

오셀로 뭐라, 창녀가 아니라고?

데스데모나 네, 하늘에 맹세할 수 있어요.

에밀리아 등장.

오셀로 그럴 리가?

데스데모나 아 하늘이시어, 용서를.

오셀로 내가 너에게 용서를 구해야겠군.

난 너를 오셀로와 결혼한

베니스의 교활한 창녀로 착각했으니까. 이봐, 주인마님,

성 베드로와는 정반대의 일을 맡아,

지옥문을 지키는 분. 그래, 너, 너 말야, 너!　　　　　　　94

우린 볼 일이 끝났네. 수고비 받게.

부디 입에 자물쇠를 채우고, 우리 일은 비밀로 해 주게.　　[퇴장.]

에밀리아 아이구, 저 양반이 무슨 생각을 하시는 거지?

괜찮으세요, 부인? 괜찮으시냐구요, 아가씨?

데스데모나 정말로, 꿈인지 생시인지.

에밀리아 부인, 주인어른께서 왜 저러시는 거죠?　　　　　　100

데스데모나 누구 말이야?

에밀리아 어머, 주인어른 말이에요, 부인.

데스데모나 누가 네 주인어른인데?

에밀리아 사모님의 주인어른 말이에요, 아가씨.

데스데모나 나한텐 그런 사람 없어. 나한테 말시키지 마, 에밀리아.

난 울 수도 없고, 대답할 말도 없어.　　　　　　　　　105

그저 눈물이 쏟아질 것만 같아. 부탁이니까, 오늘밤에는

결혼식 날 썼던 침대보를 깔아 줘. 잊지 말고.

그리고 네 남편 좀 이리 불러주고.

에밀리아 참말로 이게 무슨 변고야!　　　　　　　　　　[퇴장.]

데스데모나 난 이런 취급을 받는 게 당연해, 아주 당연해.

내가 어떻게 행동했기에, 그이가 저렇게　　　　　　　110

별일 아닌 얘기를 갖고 크나큰 잘못으로 과장을 하시는 거지?

이아고와 에밀리아 등장.

이아고 부르셨어요, 사모님? 무슨 일이신가요?

데스데모나 뭐라고 말할 수가 없네요. 사람들은 어린 아이들을 가르칠 때

너그러운 방법으로, 쉬운 걸 가르치죠.

그래서 그이가 날 그렇게 꾸짖으셨을 거예요. 정말로,

난 어린애처럼 꾸지람을 들었어요.

이아고 무슨 일이신데요, 사모님?

에밀리아 세상에나, 이아고, 글쎄 장군님께서 사모님을 창녀 취급을 하

셨어.

정신이 온전한 사람이면 도저히 참을 수 없을 정도의

모욕과 심한 말을 사모님께 퍼부었다니까.

데스데모나 내가 그런 여자인가요, 이아고?

이아고 어떤 여자 말인가요, 아름다운 사모님?

데스데모나 뭐, 에밀리아가 말한 것처럼, 우리 남편이 내가 그렇다고 말

한 거 말이에요.

에밀리아 사모님을 창녀라고 했어. 술 취한 거지도

자기가 산 매춘부한테 그런 말을 갖다 붙일 수는 없을 거야.

이아고 장군님께서 왜 그러신 거죠?

데스데모나 모르겠어요. 난 그런 여자가 아니에요.

이아고 울지 마십시오, 울지 마세요. 아아 무슨 이런 일이!

에밀리아 사모님께서 기껏 창녀라는 소리를 듣자고,

그 많던 훌륭한 신랑감과

아버님을, 그리고 조국과 친구들을 다

마다하셨겠어? 그러니 어떻게 울지 않을 수가 있겠어?

데스데모나 그저 내 기구한 팔자인 거지 뭐.

이아고 천벌을 받으실 겁니다!　　　　　　　　　　　　　　　130

어떻게 그런 말도 안 되는 생각을 하신 거죠?

데스데모나 모르죠, 하늘만이 아시겠죠.

에밀리아 제 목을 걸고 장담하지만, 극악무도한 어떤 악당 놈이,

참견하길 좋아하는 어떤 간사한 사기꾼이,

사기 치며, 속여 먹는 어떤 종놈이, 한 자리를 차지하려고

그런 중상모략을 꾸며낸 거겠죠. 그게 아니면, 제 목을 매달아도

좋아요.　　　　　　　　　　　　　　　　　　　　135

이아고 나 원, 그런 놈이 어디 있겠어? 그럴 리가 없지.

데스데모나 만일 그런 사람이 있다면, 하늘이시여, 그 사람을 용서해 주세요.

에밀리아 교수형 올가미로 그놈을 용서하고, 지옥이 그놈의 뼈다귀를 갉

아먹게 하소서!

왜 장군님께서 사모님을 창녀라고 했을까요? 상대가 누구라는 거죠?

어디서, 언제, 어떤 식으로, 어떤 근거로 말이죠?

무어인께서는 어떤 포악한 악당에게 속으신 거예요.　　　　　141

악명 높은 어떤 야비한 악당이거나, 아님 어떤 천박한 놈에게 말

이죠.

아 하늘이시여, 그런 놈들의 정체를 밝혀내시고,

결백한 사람들 손에 채찍을 쥐어 주시어,

그 파렴치한 놈을 발가벗긴 채,　　　　　　　　　　　145

동쪽에서 서쪽 끝까지 온 세상을 두루 거쳐 채찍질을 하게 하소서!

이아고 목소리 좀 낮춰.

에밀리아 아, 빌어먹을 놈. 그런 놈이야 말로,

당신 판단력을 흐리게 해서는,

나랑 무어인 사이를 의심하게 만들었던 그런 놈일 거야.

이아고 이 바보 같은 여편네, 그만 좀 해.

150 **데스데모나** 아 충직한 이아고,

우리 그이 마음을 다시 얻으려면 어떻게 해야 할까요?

충직한 친구, 그이에게 좀 가보세요. 정말, 이 하늘의 빛에 걸고

맹세하지만,

난 내가 왜 그이 마음을 잃게 된 건지 모르겠으니까요. 이렇게 무

릎을 꿇고 맹세해요.

내가 상상으로든 실제로든 간에

155 그이의 사랑을 저버릴 짓을 했다거나,

혹은 내 눈이건, 내 귀건, 혹은 다른 어떤 감각으로건 간에,

어떤 다른 형태로 그걸 즐겁게 했다거나,

혹은 그이를 진심으로 사랑하지 않거나, 또 사랑하지 않았거나,

또 (그이가 날 저버려 빈털터리로 이혼을 당한다 해도)

160 그이를 진심으로 사랑하지 않게 된다면,

편안한 삶을 다 잃어도 좋아요! 냉대는 견디기가 어렵겠죠.

그리고 그이가 냉대를 하면 난 목숨을 잃게 될지도 몰라요.

그래도 절대로 내 사랑을 더럽힐 수는 없을 거예요. 난 "창녀"라

는 말을 입에 담을 수가 없군요.

지금 그 말을 입에 올리는 것조차 역겨워요.

세상의 보물을 다 준다 해도   165
내가 그런 짓을 하게 만들 수는 없을 거예요.
이아고 제발, 진정하십시오. 그건 장군님의 기분 탓일 겁니다.
나랏일 때문에 화가 나신 거죠.
그래서 사모님께 꾸지람을 하신 겁니다.
데스데모나 다른 일 때문이 아니라면,—
이아고 그렇다니까요, 제가 장담합니다.   170

[나팔 소리.]

들어보세요, 저녁식사를 알리는 나팔 소리네요.
베니스에서 오신 지체 높은 전령들이 기다리고 계십니다.
들어가시죠. 그리고 울지 마세요. 다 잘될 겁니다.

[데스데모나와 에밀리아 퇴장.]

로더리고 등장.

어쩐 일이세요, 로더리고?
로더리고 자네는 날 제대로 대하질 않는 것 같네.   175
이아고 뭣 때문에 그러시죠?
로더리고 자네는 매일같이 이런 저런 핑계를 대며 날 피하고 있잖나, 이
아고.
게다가, 내가 보기에 자네는 조금이나마 내가 바라는
기회를 만들어 주기보다는 오히려 일이 성사되는 걸
막고 있는 것 같네. 정말로 더 이상은 참지 않을 거고,   180
또 바보같이 지금까지 당하기만 한 걸

가만히 두고 보지만은 않을 걸세.

이아고 내 말 좀 들어보시죠, 로더리고?

로더리고 정말이지, 귀에 딱지가 앉도록 들었네. 자네는 언행이
일치하질 않아.

이아고 너무 억울합니다.

로더리고 사실이잖나. 난 돈을 죄다 써버리고
말았어. 자네가 데스데모나에게 전해주겠다면서 나한테서
가져간 보석들이면, 수녀님이라도 반은 넘어오게 했을 걸세.
자네는 나한테 그녀가 그걸 받았다고 했고, 그녀가
뜻밖의 관심을 보이며, 보답을 하겠다고 했다면서 나로 하여금
기대를 하게 했고,
또 안심을 하게 했지. 하지만 그리 된 건 하나도 없잖나.

이아고 글쎄, 그만하시죠. 알겠습니다.

로더리고 알겠다고? 그만하라고? 이봐, 난 그만 할 수가 없네. 알겠지가
않아. 아니, 이건 아주 야비한 짓이라고 생각하네. 게다가 난
속았다는 걸 깨닫기 시작했거든.

이아고 잘 알겠습니다.

로더리고 잘 알겠지가 않다니까. 내가 직접 데스데모나에게
내 맘을 알리겠네. 만일 그녀가 내 보석들을 돌려주면, 난
그녀에게 구애하는 걸 단념하고, 떳떳치 못하게 유혹한 걸 뉘우
칠 걸세.
만일 그리 안 되면, 자네에게 변상을 요구할 거니까 그리 알게.

이아고 그만하시죠.

로더리고 그러지, 하지만 난 그저 내가 어떻게 할 요량인지
분명히 말했을 뿐이네.

이아고 어이구, 이제 보니 성깔 있으시네. 그럼   205
이제부터는 전보다 더 높이 평가를
해드립죠. 악수합시다, 로더리고. 당신이
나한테 성을 내는 건 그럴 만합니다요. 하지만
단언컨대, 난 당신 일을 아주 똑바로 처리했다니까요.

로더리고 그래 보이지 않네.   210

이아고 그래 보이지 않는다는 걸 확실히 인정합니다. 또
의심하는 것도 터무니없는 게 아니란 것도요. 하지만,
로더리고, 만일 당신이 참말로 그게 있다면 말입니다.
나야 그 어느 때보다도 그렇다고 믿을 만한 더 대단한 이유가 있
지만요. 내
말은 목적의식과 용기와 용맹함 말이죠. 오늘 밤에 그걸   215
보여주시죠. 만약에 당신이 내일 밤 데스데모나와
재미를 보지 못하면, 이 세상에서 날 데려갈 계략을 꾸미고,
또 내 목숨을 앗아갈 수단을 강구해 보라구요.

로더리고 글쎄, 그게 실현 가능할까?

이아고 선생, 베니스에서 특명이 왔어요.   220
카시오를 오셀로 자리에 임명하라는 거죠.

로더리고 그게 사실인가? 아니 그럼 오셀로와 데스데모나가
다시 베니스로 돌아가겠군.

이아고 아 아니죠. 그자는 모리타니아[10]로 갈 거고, 아름다운 데스데모나를

225 데려갈 겁니다. 어떤 사고라도 생겨서 여기에 더

지체하게 되지 않는 한 말이죠. 그렇게 되려면 카시오를

제거하는 것만큼 확실한 건 없을 겁니다.

로더리고 그놈을 제거한다는 게, 그게 무슨 뜻인가?

이아고 아니 뭐, 그놈이 오셀로의 자리를 대신할 수 없게 한다는 거죠.

230 그놈 골통을 깨부숴서 말이죠.

로더리고 그리고 나더러 그러라는 거군.

이아고 그렇죠, 당신이 이득을 취하고 권리를 찾을 용기가 있다면 말이

죠. 그놈은

오늘 밤 어떤 매춘부와 저녁을 할 겁니다. 난 그자를 만나러 그리로

갈 거구요. 그놈은 자신의 영광스런 행운에 대해 아직 모르고 있어요.

235 당신이 그놈이 거기서 나오는 걸 잘 보고 있다가, (그걸 내가

자정에서 1시 사이가 되게 맞춰볼 테니) 당신은

그놈을 붙잡으면 됩니다. 난 당신을 도와줄 수 있게

근처에 있을 테니까요. 그러면 그놈을 우리 맘대로 할 수 있을 겁

니다. 자,

그렇게 놀라서 서 있지만 말고, 나랑 갑시다. 내가 그놈이

꼭 죽어야 할 숙명임을 알려주면, 당신은

240 그놈을 끝내버릴 수밖에 없다는 생각이 들 겁니다. 지금은 한창

저녁식사 때니, 밤이 금방 지나갈 겁니다. 자 출발합시다.

로더리고 그래야 될 이유를 더 들어봐야겠네.

이아고 그렇다면 그리 해드리죠. [모두 퇴장.]

---

10. 북서 아프리카에 위치한 오셀로의 고향.

3장

[성안의 다른 방.]

오셀로와 로도비코, 데스데모나, 에밀리아, 그리고 수행원들 등장.

로도비코 부탁이오, 장군, 더 이상 폐를 끼치고 싶지 않소.

오셀로 아, 송구합니다. 전 산책을 하면 기분이 좋아져서요.

로도비코 누이, 잘 자게. 정말 고마웠네.

데스데모나 천만에 말씀을요.

오셀로 같이 걸으실까요, 경? . . .

　　아 데스데모나, ─ 　　　　　　　　　　　　　5

데스데모나 네, 여보?

오셀로 바로 잠자리에 드세요. 곧 돌아올 테니.

　　시녀는 내보내도록 하세요. 꼭 그리

　　하세요.

데스데모나 그럴게요, 여보.　　[오셀로와 로도비코, 그리고 수행원들 퇴장.]

에밀리아 어떻게 된 거죠? 장군님께서 딴 때보다 더 다정해 보이세요.　11

데스데모나 금방 돌아올 거라고 하셨어.

　　나보고 먼저 잠자리에 들라고 하시면서,

　　너를 내보내라고 하셨고.

에밀리아 저를 내보내라구요?

데스데모나 그러라고 하셨어. 그러니, 착한 에밀리아,　　　　　　15

내 잠옷을 갖다 주고, 가보도록 해.

지금은 우리가 그이 기분을 상하게 하면 안 돼.

에밀리아 장군님을 만나지 않으셨으면 좋았을 것을!

데스데모나 난 그렇지 않아. 난 그이를 너무나 사랑해서,

심지어 그이의 고집과, 그이의 꾸지람과 짜증조차도, ―

머리핀 좀 빼줄래?― 그 자체가 매력적이고 멋져.

에밀리아 침대에 깔라고 하셨던 그 침대보를 깔아 놨어요.

데스데모나 아무 거면 어때. 정말이야. 인간의 마음은 얼마나 어리석은지!

만일 내가 너보다 먼저 죽으면, 부디 저 깔개로

내 수의를 만들어 줘.

에밀리아 이런, 이런, 무슨 그런 말씀을!

데스데모나 우리 어머니한텐 발버리라는 하녀가 있었어.

그 애가 사랑에 빠졌었는데, 사랑하던 남자가 미쳐버렸고,

그 애를 버렸지. 그 애는 "버드나무"라는 노래를 불렀었는데,

그건 참 옛날 노래였지만, 그 애의 운명을 표현한 것 같았어.

그리고 그 애는 그걸 부르면서 죽었고. 그 노래가 오늘밤에는

내 마음속에서 떠나질 않네 . . . 그저 머리를 한쪽으로 숙이고

불쌍한 발버리처럼

노래를 부르지 않을 수가 없어. 부탁이니 빨리 나가.

에밀리아 잠옷 가져올까요?

데스데모나 아니, 이거나 풀어 줘.

그 로도비코 오라버니는 인물이 훤칠하셔.

에밀리아 아주 미남이시죠.

데스데모나 말씀도 잘하시고.

에밀리아 제가 아는 베니스의 어떤 숙녀 분은 그분께
입맞춤을 할 수만 있다면 기꺼이 팔레스타인까지 맨발로 걸어가
겠다고 했었죠.

데스데모나 [노래하면서]

불쌍한 여인 한숨지며 앉아 있네. 무화과 나무 아래서. 40

모두 푸른 버들을 노래하라.

가슴에 손 얹고, 머리 무릎에 묻고

버들을 노래하라. 버들, 버들.

맑은 시냇물 그녀 곁에 졸졸 흐르며, 그녀의 슬픔을 얘기하네.

버들을 노래하라. 버들, 버들. 45

그녀의 쓰라린 눈물 흘러, 바위를 녹이네. ―

이것 좀 치워줘. ―

버들을 노래하라, 버들, 버들.

어서 가보지 그래. 그이가 곧 오실 거야. ―

모두 노래하라. 푸른 버들 내 화환이 되리니. 50

누구도 그이를 탓하지 마라. 그이 냉대는 괜찮아, ―

아냐, 다음 구절은 이게 아냐. 좀 들어봐 봐! 누가 문을 두드리는 거지?

에밀리아 바람 때문이에요.

데스데모나 난 내 사랑을 거짓 사랑이라 했죠. 그랬더니 그이는 뭐라 했던가?

버들을 노래하라, 버들, 버들. 55

내가 다른 여자들을 꼬시면, 너는 다른 남자들과 자거라.

이제 가보도록 해. 잘 가. 눈이 가렵네.

울 일이 생기려고 그러나?

에밀리아 그건 전혀 관련이 없는 거예요.

데스데모나 그런 말을 들은 적이 있어. 아, 남자들이란, 남자들이란!
너도 솔직히 그렇게 생각하니? ─말해봐, 에밀리아, ─
그런 추잡한 짓으로 자기 남편을 속이는 여자들이 있다고 생각해?

에밀리아 그런 여자들이 있죠. 물어볼 것도 없어요.

데스데모나 너 같으면 이 세상을 다 준다면 그런 짓을 하겠니?

에밀리아 아니 그럼, 사모님은 안 하시겠어요?

데스데모나 안 하지. 저 하늘의 태양에 걸고 맹세해!

에밀리아 저도 안 해요, 저 하늘의 태양 아래서는요.
하지만 어둠 속에서는 할 수도 있죠.

데스데모나 이 세상을 다 준다면 그런 짓을 하겠다고?

에밀리아 세상은 거대한 거잖아요. 하찮은 죄에 대한 대가로는,
굉장한 거죠.

데스데모나 단연코, 난 네가 그러지 않을 거라고 생각해.

에밀리아 정말로 단연코, 전 그럴 거라 생각하는데요. 그리고 그런 일을
했을 때는
없던 일로 해버릴 거예요. 뭐, 쌍가락지 때문에 그런 일을
하지는 않을 겁니다. 혹은 아마포 몇 필을 위해서나, 혹은 옷이나,
속치마나, 모자나, 혹은 사소한 것들 때문에는 그리 안 하죠. 하지만
세상을 다 준다면야? 아니, 남편을 임금으로 만들 수 있다면,
누군들 남편을 속이고 바람을 피우지 않겠어요? 전
그러기 위해서라면 호랑이굴이라도 마다하지 않을 거예요.

데스데모나 만일 제가 세상 전부를 준다고 해서,

그런 잘못을 저지른다면, 제게 천벌을 내리소서!

에밀리아 아니, 잘못이란 것도 이 세상에서나 잘못이죠. 그리고

자신이 애쓴 대가로 세상을 얻는다면, 그건 자기 자신의 세상에서나　80

잘못이 되는 거잖아요. 그러니 그걸 옳은 일로

만들어버리면 되죠 뭐.

데스데모나 난 그런 여자가 있다고 생각지 않아.

에밀리아 있다니까요. 아주 많죠. 그네들이 재미를 본 대가로 얻은 세상을

가득 채울 수 있을 정도로, 그렇게 많다니까요.　　　　85

하지만 만일 아내들이 유혹에 넘어간다면,

그건 남편 탓이라고 생각해요. 예를 들자면, 남편이 자신의 의무

　를 게을리 하고,

우리 보물을 다른 년들 가랑이에 쑤셔 박는 거죠.

그렇지 않으면 별안간 괜한 트집을 잡아 질투를 하며

우리를 구속하든죠. 혹은 뭐 우리를 때리거나,　　　　　90

혹은 심술궂게 전에 주던 돈을 줄여버리는 거예요.

아니, 우리도 성질이란 게 있잖아요. 비록 우리가 아량이 좀 있긴

　하지만,

하지만 복수심도 있잖아요. 남편들도 자기 아내들이

자기들처럼 오감각이 있다는 걸 알게 해줘야 돼요. 여자들도 보

　고, 냄새 맡고,

남편들처럼 단맛과, 신맛에 대한　　　　　　　　　　　95

미각을 갖고 있다구요. 그런데 그것들이 우리를 다른 여자랑 바꾸는,

그 짓거리는 도대체 뭐죠? 재미로 그러는 건가요?

전 그렇다고 생각해요. 또 욕정 때문에 그리 되는 건가요?

전 그렇다고 생각해요. 그렇다면 죄를 짓는 건 의지가 약해선가요?

그것도 그렇겠죠. 그러면 우리는 욕정이 없나요?

재미를 보고 싶은 욕망은요? 그리고 남자들처럼, 의지가 약하지
는 않나요?

그렇다면 남편들이 우리한테 잘 해주도록 해야 돼요. 그렇지 않
으면 그네들도 알게 해야죠.

우리가 나쁜 짓을 하는 건, 그네들이 나쁜 짓을 하는 걸 배워서
그런 거라는 걸요.

데스데모나 잘 가, 잘 가게. 부디 하늘이시여, 저로 하여금

나쁜 짓을 배우게 하지 마시고, 나쁜 짓을 거울삼아 고치게 하소
서!
[모두 퇴장.]

5막

1장

이아고와 로더리고 등장.

이아고 여기 이 짐짝 뒤에 숨어 계세요. 그놈이 곧 올 겁니다.

칼을 빼들고 있다가, 급소를 깊이 찌르세요.

빠르게, 빠르게요. 겁낼 것 없어요. 내가 가까이에 있을 테니까.

이 일로 우린 흥하든 망하든 할 테니, 명심하세요.

5   그리고 각오를 아주 단단히 하라구요.

로더리고 손이 닿을 정도로 가까이 있게. 내가 실패할지도 모르니까.

이아고 여기 아주 가까이 있겠습니다. 용기를 내세요. 그리고 칼을 빼세

요. [물러간다.]

로더리고 이 일이 썩 내키질 않는군.

하지만 저자가 확실한 이유를 알려줬어.

10   이건 그저 한 놈이 없어지는 일이야. 나와라, 내 칼아. 그놈은 죽었다.

이아고 저 풋내기 여드름쟁이를 슬슬 긁어댔더니,

이제 열을 받았어. 저놈이 카시오를 죽이든,

카시오가 저놈을 죽이든, 아님 두 놈이 서로를 죽이든 간에,

모두 내겐 득이 된단 말이지. 로더리고가 살아남으면,

15   저놈은 내가 데스데모나에게 줄 선물이라며

갈취했던 금은보화에 대한

막대한 손해배상을 청구할 거야.

그래선 안 되지. 만일 카시오가 살아남으면,

난 그놈의 잘난 외모와 언변에 가려져

볼품이 없어질 거고. 게다가, 그 무어놈이   20

나에 관한 걸 그놈에게 털어 놓을지도 모르지. 그럼 난 위험에 처

　할 테고.

안 돼, 그놈은 죽어야 돼. 그래야 돼. 그놈이 오는 소리가 나는군.

카시오 등장.

로더리고 난 그놈 걸음새를 알고 있지. 그놈이다. 나쁜 놈, 죽어라!

[카시오를 찌른다.]

카시오 이렇게 급습을 하다니 내 적이 분명하구나.

하지만 내 갑옷은 네놈이 생각하는 것보다 더 좋지.   25

네놈 건 어떤지 어디 시험해보마.

[칼을 빼서, 로더리고에게 상처를 입힌다.]

로더리고 아, 찔렸다!

[이아고, 뒤에서 카시오의 다리에 상처를 입히고 퇴장.]

카시오 영영 불구가 되겠네! 불을 밝혀라, 어이! 살인이다, 살인! [쓰러진다.]

오셀로 등장.

오셀로 카시오의 목소리군. 이아고가 약속을 지킨 거야.

로더리고 아 내가 나쁜 놈이지!

오셀로 저 봐, 정말이군.

30 **카시오** 아, 도와주시오, 어이! 불을 밝혀라! 의사를 부르라고!

오셀로 그놈이군. 아 용감한 이아고. 얼마나 정직하고 의리가 있으면,

친구가 당한 부당함을 저리 훌륭히 갚아 주는 건지.

네가 날 가르치는 구나. ─ 창녀 같은 것, 네 애인은 죽어 자빠졌다.

그리고 너의 종말이 걸음을 재촉하는구나. 매춘부야, 내가 간다.

35 내 마음에서 너의 그 매력을, 너의 그 눈을 지워버렸다.

욕정으로 더럽혀진 너의 침대는 욕정의 피로 얼룩질 것이다.

[퇴장.]

로도비코와 그라시아노 등장.

카시오 어이! 거기 보초 없나? 지나가는 사람 없소? 살인이다, 살인!

그라시아노 무슨 사고가 난 것 같네. 비명 소리가 아주 무시무시하군.

카시오 아, 도와주시오!

40 **로도비코** 들어보세요!

로더리고 아 야비한 놈.

로도비코 두세 명이 신음을 하고 있어요. 깜깜한 밤입니다.

이건 속임수일지도 모르죠. 도와줄 사람들도 없이

비명 소리가 나는 데로 가는 건 안전하지가 않을 겁니다.

45 **카시오** 아무도 안 오네. 그럼 난 피를 흘리다 죽을 텐데.

횃불을 들고 이아고 등장.

로도비코 들어보세요!

그라시아노 잠옷 차림의 사람이, 횃불과 무기를 들고 오는구만.

이아고 거기 누구요? 살인이라고 소리를 지르는 사람이 누구요?

로도비코 우리도 모르겠소.

이아고 고함 소리를 못 들으셨소?

카시오 여기요, 여기. 제발 날 좀 도와주시오!

이아고 무슨 일이요?

그라시아노 저 사람은 오셀로 장군의 기수인 것 같네.   51

로도비코 정말 그렇네요. 아주 용맹스런 친구죠.

이아고 대체 거 누구길래, 그렇게 고통스럽게 소리를 지르는 거요?

카시오 이아고! 아, 난 치명상을 입었네. 괴한들한테 당했어.

날 좀 도와주게.   55

이아고 아니, 부관님! 어떤 나쁜 놈들이 이런 짓을 한 거죠?

카시오 내 생각에 한 놈은 근처에 있을 걸세.

도망치지 못했을 거야.

이아고 이런, 나쁜 놈들!

거기 누구요? 이리 와서 좀 도와주시오.

[로도비코와 그라시아노에게.]

로더리고 아, 여기 나 좀 도와주시오!   60

카시오 저 자는 그놈들 중 한 놈일세.

이아고 이런 살인마, 이런 나쁜 놈!

[로더리고를 찌른다.]

로더리고 아 천벌을 받을 이아고 이놈, 아 사람 탈을 쓴 개새끼야. 아, 아, 아.

이아고 어둠을 틈타 사람을 죽여? 그 잔인한 도둑놈들은 어디 있냐?

시내가 너무 조용하구만! 어이, 살인이다, 살인!

댁들은 누구요? 착한 사람이요, 나쁜 놈이요?

로도비코 우리를 알아 볼 수 있을 테니, 자네가 판단하게.

이아고 로도비코 경이십니까?

로도비코 그렇다네, 기수.

이아고 용서해 주십시오. 여기 카시오 부관님께서 괴한들한테 찔렸습니다.

그라시아노 카시오가!

이아고 괜찮으세요, 카시오 형님?

카시오 다리가 두 동강이 났네.

이아고 아이고, 설마 그럴 리가요!

횃불 좀 비춰주시죠, 어르신들. 제가 잠옷으로 묶어 보겠습니다.

비앙카 등장.

비앙카 어머, 무슨 일이죠? 소리를 지른 사람이 누군가요?

이아고 소리 지른 사람이 누구냐고?

비앙카 아 우리 카시오. 아 내 사랑 카시오!

카시오, 카시오!

이아고 아 이 소문난 매춘부! 카시오 부관님, 당신을 이렇게

난도질을 한 놈들이 누군지 짐작이 가십니까?

카시오 아니.

그라시아노 자네가 이렇게 된 걸 보니 유감이군. 자네를 찾고 있었네.

이아고 양말대님 좀 빌려주세요. 됐습니다. ─ 아 들것이 있어야

이분을 여기서 쉽게 옮길 수 있겠는데!

비앙카 아이고, 이 이가 기절했어요! 아 카시오, 카시오, 카시오!

이아고 어르신들, 전 이 쓰레기 같은 년이   85

이 일에 가담했다는 의심이 드는군요. 조금만 참으세요, 존경하

는 카시오 부관님.

횃불 좀 빌려주십시오. 우리가 아는 얼굴인가요, 아닌가요?

어이구, 이 사람은 내 고향친구인

로더리고 아냐? 아니군,—맞아, 분명해. 아 세상에, 로더리고.

그라시아노 뭐라? 베니스 출신인 로더리고라고?   90

이아고 바로 그 사람입니다, 어르신. 이 사람을 아십니까?

그라시아노 이 사람을 아냐고? 그래 알지.

이아고 그라시아노 나리, 부디 저를 너그럽게 용서해 주십시오.

이런 처참한 사건 때문에 어르신을 몰라 뵙고

예의를 차리지 못한 점을 양해해 주십시오.

그라시아노 만나서 반갑네.

이아고 좀 어떠세요, 카시오 부관님? 아, 들것, 들것 좀!   95

그라시아노 로더리고로군!

이아고 그 사람이에요. 바로 그 사람입니다.   [들것이 들어온다.]

아, 잘됐군. 들것이 왔네.

누가 여기 이분을 좀 조심해서 옮겨주십시오.

난 장군님의 군의를 모셔올 테니까요. [비앙카에게] 거기 아가씨,

성가시게 좀 하지 말지.—카시오 부관님, 여기 칼에 찔려 죽은

사람은   100

제 친한 친구였습니다. 두 사람 사이에 무슨 원한이라도 있었나요?

카시오 전혀 그런 일 없었네. 난 이 자를 알지도 못하네.

이아고 [비앙카에게] 뭐지? 안색이 창백해 보이는데? ─ 아, 이분을
모셔가게.

                                       [카시오와 로더리고가 밖으로 옮겨진다.]

거기 숙녀분, 잠깐 있어 보지. 아가씨, 안색이 창백해 보이는데?

여러분, 저 여자 눈빛을 보셨나요?

그래, 네가 노려봐도, 우린 머지않아 다 알게 될 거다.

부디 저 여자를 잘 살피십시오. 감시하시라구요.

아시겠습니까, 여러분? 그래, 혓바닥을 놀려대지 않아도

죄는 드러나게 돼 있어.

에밀리아 등장.

에밀리아 아이구, 무슨 일이에요? 여보, 무슨 일이야?

이아고 카시오 부관이 여기 어둠 속에서 공격을 당했어.

로더리고랑 도망친 놈들한테 말이지.

그분은 거의 죽을 뻔했고, 로더리고는 죽었어.

에밀리아 아이고, 그 착한 양반이! 아이고, 그 착한 카시오 부관께서!

이아고 창녀랑 놀아난 결과지. 부탁인데, 에밀리아,

카시오 부관한테 가서 오늘밤 어디서 저녁을 드셨는지 좀 물어봐.

저런, 이런 말을 들으니 떨리나보지?

비앙카 그이는 우리 집에서 저녁을 드셨어요. 하지만 그래서 떠는 건 아
니에요.

이아고 아, 그러셨어? 넌 나랑 같이 좀 가야겠다.

에밀리아 저런, 빌어먹을 매춘부! 120

비앙카 난 매춘부가 아냐. 그저 이렇게 날 욕하는 당신 못지않게
　　　　정직한 사람이라구.

에밀리아 나처럼이라고? 흥, 빌어먹을 년!

이아고 친애하는 여러분, 불쌍한 카시오 부관님이 치료를 받았는지 보러
　　　　갑시다.

　　　　자, 아가씨, 우리한테 다른 얘기도 좀 해야겠어.

　　　　에밀리아, 성으로 달려가서, 125

　　　　장군님과 부인께 무슨 일이 일어났는지 말씀드려.

　　　　자, 가실까요? [방백] 오늘밤이야말로

　　　　내가 성공하느냐, 아니면 아주 망하느냐가 결정되는 거지.

[모두 퇴장.]

2장

[성안의 침실.]

데스데모나가 침대에서 잠들어 있다.
오셀로, 촛불을 들고 등장.

오셀로 그게 이유다. 그게 이유다, 내 영혼아.

순결한 별들아, 너희에겐 그걸 입 밖에 내지 않게 해다오.

그게 이유다. 허나 그녀가 피를 흘리게 하진 않겠다.

또한 눈보다도 더 희고, 정교한 대리석처럼 부드러운

5   피부에도 상처를 내지 않으련다.

허나 그녀는 죽어야 해. 그러지 않으면 더 많은 남자들을 배신할

　테니까.

촛불을 끄자. 그런 다음 생명의 불을 끄자.

만일 내가 너를, 몸을 불사르는 성직자인 너를 꺼버린다 해도,

후회가 되면 너의 불빛을 다시

10   되살릴 수 있지. 허나 내가 그대,

탁월한 자연의 정교한 걸작품인

그대의 불빛을 한번 꺼버린다면,

난 그대의 불빛을 되살릴 수 있는

프로메테우스의 그 불이 어디에 있는지 모른다네. 내가 이 장미

　를 꺾으면,

난 다시는 이걸 싱싱하게 자라게 할 수 없으니,

이건 시들 수밖에 없지. 가지에 달려있을 때 향기를 맡아보자.

[그녀에게 입을 맞춘다.]

아 향기로운 숨결. 하마터면 정의의 여신조차 칼을 부러뜨리게　16
만들겠구나. 한 번만 더.

죽었을 때도 이대로 있거라. 그러면 내 그대를 죽이고,

그리고 그 다음에 그대를 사랑하리니. 한 번만 더. 그리고 이게
　마지막이다.

너무나 달콤하여 이렇듯 치명적인 적이 없었구나. 눈물이 나는군.　20

하지만 이건 잔인한 눈물이다. 이건 천상의 슬픔이니,

사랑하기에 벌을 주는 것이지. 깨는군.

데스데모나　누구에요? 오셀로?

오셀로　그렇소, 데스데모나.

데스데모나　침대로 오실래요, 여보?

오셀로　데스데모나, 오늘밤 기도는 했소?

데스데모나　그럼요, 여보.　25

오셀로　만일 당신 생각에 어떤 죄든

아직 하늘의 은총을 구하며 고백을 하지 않은 게 있다면,

지금 바로 용서를 구하도록 해요.

데스데모나　아아, 여보, 그게 무슨 뜻이에요?

오셀로　글쎄, 그렇게 해요. 그리고 짧게 하세요. 난 옆에서 기다리고 있을 테니.　30

준비도 안 된 당신 영혼을 죽이지는 않을 거요.

그래, 그런 일은 없어야지. 난 당신 영혼을 죽이지는 않을 거요.

데스데모나　죽이겠다는 말씀이세요?

오셀로 그렇소, 그런 거요.

데스데모나 그렇다면 하늘이

제게 자비를 베푸시길 빕니다!

오셀로 진심으로, 아멘!

35 **데스데모나** 그렇게 말씀하시니, 절 죽이지는 않으실 거라고 믿어요.

오셀로 흠!

데스데모나 그래도 전 당신이 두려워요. 당신이 눈을 그렇게 굴릴 땐,

소름이 끼치니까요. 제가 왜 두려워해야 하는 건지 모르겠네요.

전 죄를 짓지 않았으니까요. 그런데도 어쩐지 두려워요.

오셀로 당신 죄를 생각해 보시오.

40 **데스데모나** 당신에 대한 저의 사랑이 죄겠죠.

오셀로 그러면 그것 때문에 죽는 거요.

데스데모나 그래서 죽는다는 건 억지예요. 사랑하는 것 때문에 죽이다뇨?

아아, 왜 그렇게 아랫입술을 깨무시는 거죠?

뭔가 잔인한 감정 때문에 떨고 계신가본데,

45 이건 불길한 조짐이에요. 하지만 바라건대, 바라건대,

그게 저를 겨냥한 건 아니겠죠.

오셀로 조용히 해요! 가만히 좀 있으라고!

데스데모나 그럴게요. 그런데, 무엇 때문에 그러시는데요?

오셀로 내가 너무나 아끼던 손수건을, 당신에게 줬던 걸,

당신은 카시오에게 줬더군.

데스데모나 아녜요, 제 목숨을 걸고 맹세하죠.

50 그분을 불러다 물어보세요.

오셀로 사랑스런 그대, 조심하시오. 위증을 조심하라고.

당신은 죽음을 앞두고 있다니까.

데스데모나 그렇죠, 하지만 아직 죽은 건 아니잖아요.

오셀로 아니, 곧 그럴 거요.

그러니 당신 죄를 솔직히 고백하시오.

각각의 죄에 대해 맹세를 하며 부인을 한다 해도   55

날 이리 괴롭히는 그 확고한 생각을

없앨 수도, 막을 수도 없을 거요. 당신은 죽어야 해.

데스데모나 그렇다면 하나님 제게 자비를 베푸소서!

오셀로 그래, 나도 아멘.

데스데모나 그리고 당신도 자비를 베풀어 주시길 빌어요! 전 결코

당신에게 잘못한 적도 없고, 결코 카시오를 사랑한 적도 없어요.   60

그저 세상이 용인하는 정도로,

좋아했을지는 몰라도요. 전 결코 그분에게 정표를 주지 않았어요.

오셀로 하늘에 맹세코, 내 손수건이 그놈 손에 있는 걸 봤지.

아 위증자여, 그대는 내 마음을 돌이 되게 만들어,

나로 하여금 내가 하려는 일을   65

살인으로 부르게 만드는군. 난 그걸 희생이라고 생각했건만.

난 그 손수건을 봤단 말이오.

데스데모나 그럼 그분이 그걸 주웠겠죠.

전 그걸 그분께 드린 적이 없어요. 그분을 여기로 불러서

진실을 고백하게 하세요.

오셀로 그놈이 고백을 했지.

70 **데스데모나** 무슨 고백을요, 여보?

오셀로 그놈이 . . . 널 이용해 먹었다고.

데스데모나 어떻게요? 부도덕하게요?

오셀로 그렇소.

데스데모나 그렇게 말할 리가 없어요.

오셀로 그렇지, 그놈은 입이 막혀 버렸으니까.

　　　　정직한 이아고가 명령대로 처리했지.

데스데모나 그렇다면 제가 왜 두려운 건지 이해가 가네요.

　　　　아니, 그분이 죽었나요?

75 **오셀로** 그놈의 머리카락 하나하나가 다 목숨줄이래도,

　　　　엄청난 나의 복수심은 그걸 다 끊어버릴 것이오.

데스데모나 아아, 그분은 배신을 당했고, 난 파멸이야.

오셀로 아 이 매춘부! 내 면전에서 그놈을 위해 울어?

데스데모나 아, 절 내쫓으세요, 여보. 하지만 죽이지는 마세요.

80 **오셀로** 일어나지 마라, 이 매춘부야!

데스데모나 절 내일 죽이세요. 오늘밤엔 살려주세요.

오셀로 안 돼, 만일 네가 저항하면,—

데스데모나 그저 반시간만이라도, 아니 그저 기도를 한 번 할 수 있는 동

　　　　안이라도요!

오셀로 너무 늦었어.　　　　　　　　　　　　　[그녀를 질식시킨다.]

85 **데스데모나** 아 하느님, 하느님, 하느님!

에밀리아 [안에서] 장군님, 장군님! 여보세요, 장군님, 장군님!

오셀로 이게 무슨 소리지? 안 죽었나? 아직 완전히 안 죽은 거야?

내가 잔인하긴 해도, 아직 자비심은 있으니,

너의 고통을 끌지는 않겠다.

그러니, 그러니,

에밀리아 [안에서] 여보세요, 장군님. 장군님!

오셀로 누구냐?　　　　　　　　　　　　　　　　　　　　　　90

에밀리아 [안에서] 아 존경하는 장군님, 드릴 말씀이 있습니다!

오셀로 그래, 에밀리아군. [에밀리아에게] 잠시만 기다려라. 그녀는 죽었어.

카시오가 죽었다는 말을 하려고 왔겠지.

시끄럽게 싸우는 소리가 났었으니까. 허어, 더 이상 움직이지 않는데.

무덤처럼 조용해. 들어오라고 할까? 괜찮을까?　　　　　　　　95

다시 움직이는 것 같은데. 아니네. 어떻게 하는 게 좋을까?

만일 저 여자가 들어오면, 내 아내한테 말을 걸 텐데.

내 아내, 내 아내, 내 아내라. 난 아내가 없지.

아, 견딜 수가 없구나! 아 괴로워라!

마치 이건 지금 엄청난 일식과 월식이　　　　　　　　　　　100

일어난 거란 생각이 드는군. 그래서 놀란 지구가 그 변화에

입을 딱 벌리는 거지.

에밀리아 [안에서] 제발, 장군님께 드릴 말씀이 있습니다.

존경하는 장군님!

오셀로 자네를 잊고 있었네. 아, 들어와라, 에밀리아.　　　　　　105

잠깐, 잠시만 기다려라. 침대 커튼을 좀 치고.

어디 있지?　　　　　　　　　　　　　　　　　　　[문을 연다.]

에밀리아 등장.

그래 무슨 일이냐?

에밀리아 아, 장군님, 저쪽에서 끔찍한 살인이 일어났어요!

오셀로 뭐라고? 지금 말이냐?

에밀리아 네, 방금요, 장군님.

110 **오셀로** 달이 잘못돼서 그런 거지.

평소의 궤도보다 지구에 더 가까워져서

사람들을 미치게 만든 것이야.

에밀리아 장군님, 카시오 부관이 베니스 청년을 죽였습니다.

로더리고라는 사람을요.

오셀로 로더리고가 죽었고,

또 카시오가 죽었다고?

115 **에밀리아** 아뇨, 카시오 부관은 죽지 않았습니다.

오셀로 카시오는 안 죽었다고? 그럼 살인은 어긋났고,

감미로운 복수는 어려워졌군.

데스데모나 아, 억울하게, 억울하게 살해됐어!

에밀리아 아 장군님, 저게 무슨 소리죠?

오셀로 저거? 뭐 말이냐?

120 **에밀리아** 아이고 이를 어쩌! 이건 사모님 목소린데.

도와주세요, 도와줘요. 여기요, 도와주세요! 아 사모님, 다시 말씀

해 보세요.

사랑스런 데스데모나, 아 사랑스런 사모님, 말씀을 해보세요!

데스데모나 죄도 없이 난 죽는 거야.

에밀리아 아, 누가 이런 짓을 했죠?

데스데모나 아무도 아냐, 내 스스로 그런 거야, 잘 있어. 125

다정한 우리 남편에게 내 마음을 전해 줘. 아, 안녕! [죽는다.]

오셀로 대체, 어떻게 살해당한 거지?

에밀리아 아아, 누가 알겠어요?

오셀로 그녀가 직접 스스로 그랬다고 말하는 걸 들었잖나. 난 아니네.

에밀리아 그렇게 말하셨죠. 진상을 꼭 알려야겠어요.

오셀로 저 여자는 지옥 불에 떨어졌을 거짓말쟁이야. 130

저 여자를 죽인 건 나다.

에밀리아 아, 저분이 천사 같을수록,

당신은 더 검은 악마예요!

오셀로 저 여자는 바람둥이였고, 그리고 저 여자는 창녀였다.

에밀리아 저분에 대해 거짓말을 하다니, 당신은 악마예요.

오셀로 저 여자는 갈대처럼 지조가 없었지.

에밀리아 당신은 불같이 경솔하기 짝이 없군요. 135

저분이 바람을 피웠다고 하다니. 아, 저분은 온전히 정숙한 분이

셨다구요!

오셀로 카시오가 저 여자를 올라탔지. 못 믿겠으면 네 남편에게 물어봐라.

아, 내가 합당한 근거도 없이,

이런 극단적인 일을 저질렀다면,

난 지옥의 밑바닥으로 떨어지고 말 거다. 네 남편이 다 알고 있지. 140

에밀리아 제 남편이요?

오셀로 그래 네 남편이.

에밀리아 저분이 결혼 중에 바람을 폈다고요?

오셀로 그래, 카시오랑. 아니, 만일 저 여자가 정숙했다면,
하늘이 흠 하나 없이 완벽한 보석으로 만든,
그런 세상을 준다 해도,
난 저 여자랑 바꾸지 않았을 것이다.

에밀리아 제 남편이요?

오셀로 그래, 내게 처음 말해준 게 그였다.
그는 정직한 사람이라서, 더러운 짓거리에 들러붙어 있는
쓰레기 같은 인간들을 증오하지.

에밀리아 제 남편이요?

오셀로 왜 이렇게 같은 말을 반복해야 하는 거지? 이 여자야, 네 남편이
라고 하잖나.

에밀리아 아 사모님, 악랄한 짓거리가 사랑을 조롱거리로 만들었어요!
제 남편이 사모님께서 바람을 피웠다고 했다뇨!

오셀로 그 사람이라고, 이 여자야.
네 남편이라고 하잖나. 무슨 말인지 이해가 가나?
내 친구요, 네 남편인, 정직하고, 정직한 이아고 말이다.

에밀리아 만일 그 사람이 그리 말했다면, 악독한 그의 영혼은
매일 조금씩 썩어 문드러지소서! 그 사람은 새빨간 거짓말을 한 겁니다.
사모님은 자신이 산 물건 중 가장 싸구려를 너무 좋아하신 거야.

[오셀로는 칼을 뺀다.]

오셀로 뭐라!

에밀리아 할 수 있으면 해보시지.
당신의 이런 행동 때문에 천국은 어림도 없을 테니까.

당신한테 사모님이 어림도 없었던 것처럼 말이야.

오셀로 조용히 하는 게 좋을 걸.

에밀리아 내가 느끼는 고통에 비하면,

당신은 그 반의 반 만큼도 날 해칠 수 없을 거야. 아 이 얼간이.

아 이 멍청이.

흙만큼이나 무지해라. 당신이 저지른 짓거리는 . . .   165

당신 칼은 무섭지 않아. 당신이 한 짓을 알릴 테야.

내가 골백번 목숨을 잃는다 해도 말이지. 도와주세요. 도와줘. 아

도와주세요.

무어놈이 우리 사모님을 죽였어요. 살인이야, 살인!

몬타노와 그라시아노, 이아고, 그리고 여러 사람들 등장.

몬타노 무슨 일이오? 어찌 된 일입니까, 장군님?

에밀리아 아, 왔어, 이아고? 당신 참 잘 했더군.   170

저자들이 자기들이 저지른 살인죄를 당신 목에 뒤집어씌울 거야.

모두들 무슨 일이오?

에밀리아 이 악당에게 반박을 해봐. 당신이 남자라면 말야.

저자 말이 당신이 저자한테 자기 아내가 바람을 폈다고 했다는 거야.

당신이 그러지 않았다는 걸 난 알고 있어. 당신은 그 정도로 악당

은 아니잖아.   175

말해봐, 답답해 죽겠으니까.

이아고 내 생각을 말씀드렸지. 그리고

그분 스스로 그럴싸한 사실이라고 알아낸 것 말고는 말하지 않았어.

에밀리아 사모님이 바람을 피웠다고 말한 적이 있어?

180 **이아고** 있지.

에밀리아 그럼 당신은 거짓말을 한 거야. 천벌을 받을 가증스러운 거짓말을!

내 영혼을 걸고 맹세컨대, 거짓말이야. 사악한 거짓말!

사모님께서 카시오와 바람을 피웠다고, 카시오랑 그랬다고 했어?

이아고 카시오랑 그랬다고 했다, 이 아줌마야. 자, 주둥이 닥쳐.

185 **에밀리아** 주둥이 닥치지 않을 거야. 말해야겠어.

우리 사모님께서 침대에서 살해당하셨다구.

모두들 아 그럴 리가!

에밀리아 그런데 당신이 한 말이 살인을 부추긴 거라구.

오셀로 아니, 그리 노려보지 마시오, 여러분. 정말로 사실이오.

190 **그라시아노** 믿을 수 없는 사실이구나.

몬타노 아 끔찍한 짓이야!

에밀리아 악랄한 짓이야, 악랄한 짓, 악랄한 짓이야!

생각해보니, 낌새가 있었던 것 같아. 아 악랄한 짓이야!

그땐 그렇게 생각했었는데. 슬퍼서 죽고만 싶구나!

아 악랄한 짓이야, 악랄해!

195 **이아고** 아니, 너 미쳤어? 집에나 가 있으라고.

에밀리아 여러분, 말 좀 하게 해주세요.

저 사람 말을 따라야겠지만, 지금은 아닙니다.

이아고, 아마 난 절대로 집에 가지 않을 거야.

오셀로 아! 아! 아!　　　　　　　　　　　　　[침대에 쓰러지면서.]

에밀리아 그래, 거기 엎드려서 울부짖어.

당신은 세상에 태어난 사람 중에서   200
가장 사랑스럽고 순수한 분을 죽였으니까.

오셀로 [일어서면서] 아, 저 여자는 추잡해.

몰라 뵙습니다, 숙부님. 저기 숙부님의 질녀가 누워 있습니다.

저 여자의 숨통을 진정 이 손으로 방금 끊어놨습니다.

이런 짓이 끔찍하고 잔인해 보인다는 걸 저도 압니다.

그라시아노 가여운 데스데모나, 네 아버지가 돌아가셔서 다행이구나.   205

너의 결혼이 형님께는 치명적이었단다. 그래서 오로지 슬픔 때문에

그 양반의 낡은 생명줄은 두 동강이가 난 거지. 지금 살아계셨다면

이 광경을 보시고 극단적인 행동을 하셨을 게다.

그래, 옆에서 자신을 지켜주는 수호천사에게 저주를 퍼붓고,

영원히 지옥으로 떨어지셨겠지.   210

오셀로 애석하군요. 허나 이아고가 알고 있습니다.

저 여자가 카시오랑 추잡한 짓을

수없이 저질렀다는 걸 말이죠. 카시오가 그걸 자백했습니다.

그리고 저 여자는 그자의 애정 행위에 대해,

제가 저 여자에게 처음으로 줬던 사랑의 정표로,   215

보답을 했죠. 전 그걸 그자가 들고 있는 걸 봤습니다.

손수건이었죠. 제 아버지가 어머니에게 준

오래된 정표였습니다.

에밀리아 아 세상에, 아 이런 세상에!

이아고 젠장, 잠자코 있지 못해.

에밀리아 난 밝힐 거야, 밝히겠어. 이봐, 잠자코 있으라고? 아니,   220

난 말할 거야, 바람처럼 자유롭게.

하늘이시어, 그리고 사람들아, 그리고 악마들아. 모두들,

모두들, 모두들 날 비난하라고 해. 그래도 난 말할 거니까.

이아고 현명하게 굴라고. 집에나 가라니까.

에밀리아 안 갈 거라니까.

[이아고가 에밀리아를 찌르려고 한다.]

그라시아노 아니 저런,

225   여자한테 칼을 들이대?

에밀리아 아 이 우둔한 무어인, 당신이 말하는 그 손수건은

내가 우연히 주워서, 우리 남편에게 줬었지.

정말 그런 하찮은 물건에 걸맞지 않게,

저 인간이 뻑하면 정색을 하며 심각하게,

그걸 훔쳐오라고 졸라댔었거든.

230 **이아고** 악랄한 창녀야!

에밀리아 사모님께서 그걸 카시오 부관께 드렸다구? 아니야. 아아, 내가

그걸 주워서,

우리 남편에게 줬다구.

이아고 추잡한 년, 거짓말하고 있네!

에밀리아 하늘에 맹세코, 거짓말하는 게 아니에요. 거짓말하는 게 아니

라구요, 여러분.

234   아 흉악한 멍청이! 저런 바보 같은 남자가

어떻게 저토록 착한 아내를 얻을 수 있었을까?

오셀로 하늘에는 천둥을 치게 하는

번개 말고는 다른 게 없는 건가? 이 극악무도한 놈!

[이아고를 향해 달려든다. 이아고는 에밀리아를 찌른다.]

그라시아노 여자가 쓰러졌다. 분명 저놈이 자기 아내를 죽인 게야.

에밀리아 맞아요, 맞아. 아 절 사모님 옆에 눕혀 주세요. [이아고 퇴장.]

그라시아노 저놈이 도망쳤다. 자기 아내를 죽였어.

몬타노 천하의 악당이로군. 이 칼을 받으십시오.   240

제가 지금 무어인한테서 뺏은 겁니다.

자, 밖에서 문을 지키십시오. 밖으로 나가지 못하게 하고,

아니면 차라리 죽이세요. 전 저 악당 뒤를 쫓겠습니다.

천벌을 받을 쌍놈이잖습니까.

[몬타노와 그라시아노 퇴장.]

오셀로 난 이제 용기조차 없구나.

그저 풋내기 애송이까지 내 칼을 뺏어가다니.   245

하지만 정직함을 잃었는데 명예가 남은들 무슨 소용인가?

다 없어지라고 해.

에밀리아 당신이 부른 노래가 어떤 징조였나요, 부인?

들어보세요. 제 말 들리세요? 전 백조처럼,

노래를 부르며 죽을게요. [노래 부르며] *버들, 버들, 버들.*

무어인, 사모님은 정숙했어요. 사모님은 당신을 사랑했죠, 잔인한

무어인.   250

진실을 말했으니, 내 영혼은 천국에 갈 거야.

생각한 걸 말했으니, 난 죽어도 여한이 없어. 난 죽는다, 죽어.

[죽는다.]

오셀로 이 방에는 다른 무기가 있지.

얼음물에 담금질을 한, 스페인제 칼인데.

아, 여기 있군. 숙부님, 전 나가겠습니다.

그라시아노 [안에서] 만일 그러기만 하면, 네놈은 비싼 대가를 치르게 될 게다.

넌 무기가 없으니, 어쩔 도리 없이 다치게 될 게야.

오셀로 그럼 잠깐 들어오셔서 저를 좀 보시고, 얘기 좀 하시죠.

아니면, 제가 맨손이기는 하지만, 숙부님을 공격할 겁니다.

그라시아노 등장.

그라시아노 무슨 일이냐?

오셀로 보십시오, 전 무기를 갖고 있습니다.

어떤 군인도 이보다 더 좋은 칼을

허리에 차본 적이 없죠. 저도 한때는

이 작은 팔과, 이 좋은 칼로,

숙부님이 막고 계신 것보다 스무 배나 더 많은

장애물을 뚫고 나가 싸웠던 시절이 있었습니다. 허나 아 헛된 자

랑이죠.

누가 자신의 운명을 지배할 수 있을까요? 지금도 그렇지가 않군요.

제가 무기를 지닌 걸 보셨지만, 두려워 마십시오.

여기가 제 인생 여정의 끝이요, 여기가 제 목적지고,

또 제 마지막 항해의 바로 그 종착지입니다.

당황해서 뒤로 물러서시는 겁니까? 쓸데없는 두려움입니다.

오셀로의 가슴에 골풀 하나를 들이대도

255

260

265

270

그는 물러설 겁니다. 오셀로는 어디로 가야 할까요?

그런데 당신은 지금 어떤 모습이지? 아 팔자도 사나운 여인,

당신 잠옷처럼 창백하군. 우리가 최후의 심판일에 만나게 되면,

이런 당신 모습으로 인해 내 영혼은 하늘에서 내던져질 테고,   275

악마들이 그걸 낚아채 가겠지. 싸늘하군, 싸늘해, 나의 여인,

당신의 정숙함처럼 싸늘해. 아 저주받을 노예 같은 놈!

악마들아, 천사 같은 이 모습을 보지 못하게,

날 채찍질해라,

바람에 날 날려 버려라. 유황불에 날 구워버려라.   280

용암이 흐르는 바다 속 가파른 바위 틈 속으로 날 휩쓸어가 빠뜨

　려라.

아 데스데모나, 데스데모나는 죽었다.

아, 아, 아.

　　　　　로도비코, 몬타노, 들것에 실린 카시오,
　　　　　그리고 붙잡힌 이아고를 데리고 장교들 등장.

로도비코 이렇듯 성급하고도 참으로 불행한 남자는 어디 있는가?

오셀로 그자는 바로 오셀로였던 놈이지요. 여기 있습니다.   285

로도비코 그 독사 같은 놈은 어디 있나? 그 악당을 앞으로 끌고 와라.

오셀로 저놈 [발톱이 갈라져 있는지] 발을 내려다 봐도, 그건 지어낸 얘

　기였군.[11]

---

11. 오셀로는 악마의 발톱은 갈라져 있다는 속설을 언급하며 이아고를 악마로 간주하
　고 있음.

만일 네놈이 악마라면, 난 네놈을 죽일 수 없을 것이다.

[이아고를 찌른다.]

로도비코 저자의 칼을 뺏어라.

이아고 피가 나긴 하지만, 난 안 죽었습니다.

290 **오셀로** 나 역시 아쉽지도 않다. 네놈을 살려둬야겠어.

나 같으면 죽는 게 행복할 테니까 말이지.

로도비코 아 그대 오셀로. 한때는 그토록 훌륭했건만,

천벌을 받을 노예 같은 놈의 음모에 빠지다니.

자네에게 무슨 말을 해야 하나?

오셀로 뭐, 무엇이든죠.

295 괜찮으시면 명예로운 살인자라고 해주시죠.

전 증오 때문이 아니라 그저 명예 때문에 그랬으니까요.

로도비코 이 야비한 놈이 자신의 악행을 일부 자백했네.

자네와 저놈이 카시오를 죽이기로 공모했었나?

오셀로 그렇습니다.

카시오 친애하는 장군님, 전 결코 장군님께 그러실만한 원인을 제공하지

300 않았습니다.

오셀로 나도 그렇다고 믿네. 용서해주기 바라네.

자네, 부탁이니, 저 악마 같은 놈에게 물어봐 주겠나?

왜 이렇게 내 영혼과 육신을 함정에 빠뜨렸는지 말일세.

이아고 내게 아무것도 묻지 마십시오. 당신이 알고 있는, 그대롭니다.

305 지금부터는 한 마디도 하지 않을 겁니다.

로도비코 뭐라? 기도도 안 하겠다고?

그라시아노 고문을 해서 네놈 입을 열게 만들 테다.

오셀로 그렇다면, 최선을 다해주십시오.

로도비코 장군, 무슨 일이 있었는지 이해가 갈 거요.

내 생각엔, 모르고 있는 듯하니. 여기 살해된 로더리고의

주머니에서 발견된 편지 한 통이 있소.   310

그리고 여기 또 한 통이 있고. 이 중 한 통은

카시오의 죽음에 관한 것으로, 로더리고가

맡아서 처리 할 거라는 내용이오.

오셀로 아 이 악당!

카시오 천하의 야만적인, 천하의 야비한 놈!

로도비코 자, 여기 불만으로 가득한 또 한 통의 편지가 있지.   315

역시 그의 주머니에서 발견된 건데, 이건 아마도

로더리고가 이 천벌을 받을 악당에게 보내려던 것 같소.

헌데, 아마도, 이아고가 때마침

나타나 그자를 안심시킨 것 같소.

오셀로 아 악독하고 비열한 놈!

카시오, 자네는 어떻게 손수건을 손에 넣었나?   320

내 아내 것이었는데.

카시오 제 방에서 주웠습니다.

방금 저놈이 직접 자백했습니다.

저놈이 자신이 바라는 바를 이루려는 특별한 목적으로,

그걸 거기에 떨어뜨려 놨답니다.

오셀로 아 난 바보야, 바보, 바보야!

325 **카시오** 로더리고의 편지에는 이외에도

그자가 이아고를 신랄하게 비난하는 내용이 있는데, 저놈이 그자에게

제가 사령근무를 설 때 제 성질을 돋우라고 시켰고, 그래서

제가 파면을 당했다는 겁니다. 게다가 오랫동안 죽은 것 같던 그자가,

바로 방금 전에 말했습니다. 이아고가 자신을 찔렀고,

330 이아고가 자신을 부추겼다는군요.

로도비코 자네는 이 방을 나가, 우리와 함께 가야겠소.

자네의 권한과 지휘권은 박탈됐고,

카시오가 싸이프러스를 통치할 거요. 이 노예 같은 놈에게는,

저놈을 오랫동안 살려둔 채, 아주 많이 고통스럽게 할 수 있는

335 그런 교묘하고도 잔인한 방법이 있으면,

그건 저놈 차지가 될 것이오. 자네는 자네 잘못에 대한 진상이

베니스 정부에 보고될 때까지,

죄수로 감금될 것이오. 자, 그를 데려 가거라.

오셀로 잠깐만! 몇 마디만 하겠습니다.

340 전 국가에 공헌한 바가 많고, 그들도 그걸 알고 있습니다.

그걸 더 말하지는 않겠습니다. 바라건대 경이 편지로써

불행한 행위에 대해 설명을 하실 때는,

있는 그대로 써주십시오. 어떤 것도 가볍게 다루지 말고,

또 어떤 것도 악의적으로 적지 말아주십시오. 그런 다음

현명하게 사랑하지는 못했으나, 너무나 많이 사랑했던 사람에 대

345 해 말해주셔야 합니다.

쉽게 질투하지는 않았으나, 계략에 걸려들어

극단적인 혼란에 빠졌던 사람이라고 말입니다. 천한 인디언처럼,

자기 손으로, 자기 부족 사람들 전부보다도 더 귀한

진주를 내던져 버린 자로, 눈물을 참던 두 눈은,

감상적인 기분에 익숙하지 않음에도,   350

아라비아의 고무나무가 약효가 있는 수액을 흘리듯이

눈물을 하염없이 뚝뚝 떨어뜨렸다고 말이죠. 이것도 적어주시고,

또 말씀도 해 주십시오. 예전에 알레포에서,

터번을 두른 어떤 심술궂은 터키 놈이

베니스 사람을 때리고, 베니스 정부를 비방했는데,   355

제가 그 할례를 받은 개 같은 놈의 멱살을 잡고,

이렇게 죽였다고.   [자신을 찌른다.]

로도비코 아 처참한 종말이로다!

그라시아노 들은 게 다 소용없게 됐군.

오셀로 내가 당신을 죽이기 전에 입맞춤을 했었지. 이 방법 밖에 없어.

스스로 목숨을 끊고, 입맞춤을 하며 죽는 거지.   360

[침대에 쓰러져 죽는다.]

카시오 이런 일을 걱정했지만, 무기를 갖고 있지 않으시다 생각했습니다.

자존심이 강한 분이셨으니까요.

로도비코 [이아고에게] 아 스파르타의 개 같은 놈,

번뇌와 굶주린, 혹은 바다보다도 더 잔인한 놈.

이 침대에 쓰러져 있는 비극적인 사람들을 봐라.

네놈의 소행이다. 눈을 뜨고 보기엔 너무나 끔찍한 광경이구나.   365

가리도록 하라. 그라시아노 숙부님, 이 집을 파시고,

무어인의 재산을 취하십시오.

숙부님께 상속되는 거니까요. 그대, 총독께서는

이 사악한 악당의 재판을 맡아주시오.

시간과 장소, 고문 방법을 정하세요. 아, 그렇게 집행하시오!

나는 곧 배에 올라, 본국에

이 비극적인 사건을 무거운 마음으로 전하겠소.　　　　[모두 퇴장.]

작
품
설
명

1. 저작연대와 텍스트 문제

일반적으로『오셀로』(Othello)는 1603년 말에서 1604년 초 사이에 쓰여 진 것으로 추정된다. 무엇보다도 제임스 1세의 치하인 1604년 11월 1일 왕의 후원을 받는 국왕극단(King's Men)에 의해 화이트홀(White Hall) 궁정에서 공연되었다는 기록이 있고,[1] 1막과 2막에 나오는 터키 군에 대한 묘사나 엔젤로 함장(Sinior Angelor)에 대한 언급, 그리고 싸이프러스 해안에 대한 묘사가 1603년 초에 발간된 리차드 놀스(Richard Knolles)의『터키의 일반사』(General History of the Turks)에서 참조한 것으로 보이기 때문이다. 또한 1604년 초에 쓰여진 것으로 추정되며 같은 해 11월에 출판등록부에 등록된 토마스 데커(Thomas Dekker)와 토마스

---

1. Norman Sanders, "Introduction." *Othello: The New Cambridge Shakespeare*. Cambridge: Cambridege UP. 2003, p. 1. 저작연대와 텍스트 문제를 비롯한 작품설명은 이외에도 R. 리들리(Ridely)가 편집한 1958년 아든(Arden)판 『오셀로』의 서문과 위키피디아 (wikipedia) 자료를 참조함.

미들튼(Thomas Middleton)의 희극『정직한 매춘부』(Honest Whore)의 1부에 나오는 "잔악한 무어인보다 더 야만스럽다"(more savage than a barbarous Moor)는 표현이 오셀로를 빗댄 말로 보인다는 점 역시 의미 있는 근거다.

『오셀로』는 윌리엄 셰익스피어(William Shakespeare)가 사망한 5년 후인 1621년 10월 6일에야 출판등록부에 등록되며, 1622년 토마스 워클리(Thomas Walkley)에 의해『베니스의 무어인, 오셀로의 비극』(The Tragedy of Othello, the Moor of Venice)이란 제목의 값싼 사절판(Quarto)의 형태로 처음으로 출판된다. 그리고 다음해인 1623년 최초의 셰익스피어 제1이절판(F1) 전작집인『윌리엄 셰익스피어씨의 희극, 사극, 그리고 비극』(Mr. William Shakespeare's Comedies, Histories, and Tragedies)의 비극편에 실려 이절판(Folio)의 형태로 출판된다. 제1이절판은 셰익스피어의

동료 배우였던 존 헤밍(John Heminge)과 헨리 콘델(Henry Condell)이 편집한 것으로서, 당시 극장에서 실제 공연되던 텍스트에 가장 가까운 것이라는 평가를 받고 있다.

〈제1이절판 전작집의 속표지〉

『오셀로』의 경우 두 개의 판본, 즉 제1사절판(Q1)과 제1이절판이 모두 초연 후 18년이 지난 후에야 출판이 된 까닭에 작가의 원고와는 어느 정도 차이가 있을 것으로 짐작된다. 또한 각각의 판본역시 식자공의 특성에 따라 상당한 차이를 보이고 있어 지금까지도 편집자들 간의 논란의 대상이 되고 있다. 예컨대 제1이절판

에는 제1사절판에 보이는 몇몇 행과 무대 지문의 일부가 사라지고 대신 4막 3장의 버드나무 노래를 포함하여 약 160행의 대사가 추가, 보완된다. 제1사절판에서 축약된 단어나 표현들도 보인다. 반면에 무대 위에서 하나님이나 예수가 들어간 불경스런 표현을 금지시켰던 1606년 법령의 영향으로 인해 제1이절판에는 제1사절판에 보이는 많은 욕설과 감탄사가 생략된다.

2. 출처

　『오셀로』의 출처가 되고 있는 작품은 의심할 여지없이 1565년에 출판된 이탈리아의 작가 제랄디 친티오(Gerali Cinthio)의 단편모음집인 『100가지 이야기』(*Gli Hecatommithi*)에 실린 "무어인 장군"("*Un Capitano Moro*")이다. 셰익스피어는 이 작품에서 플롯뿐만 아니라 여자 주인공의 이름인 "디스데모나"(Disdemona)를 채용한다. 물론 두 작품 간에는 소소한 차이가 보인다. 예컨대 친티오의 작품에는 오셀로를 비롯한 다른 등장인물들은 모두 이름 없이 "무어인," "기수," "기수의 아내" 등으로만 명시되어 있다. 이아고가 복수를 결심하게 되는 동기역시 카시오의 승진과는 무관하다. "무어인 장군"에서는 디스데모나에게 사랑을 고백한 기수가 그녀에게 거절을 당하자 앙심을 품고 복수를 결심한다. 뿐만 아니라 무어인이 여주인공을 살해하는 방법도 다르거니와, 살해 후 이를 사고로 위장하는 것, 디스데모나의 친척들이 복수를 위해 무어인을 살해하고 기수는 고문을 당해 죽게 된다는 점 역시 다르다. 셰익스피어는 길이와 깊이, 그리고 의미를 더해 전혀 다른 "무어인 장군"인 『오셀로』를 창조해 낸 것이다.

3. 주요 인물과 작품해설

(1) 4대 비극으로서의 『오셀로』

『맥베스』(*Macbeth*)와 『리어 왕』(*King Lear*), 그리고 『햄릿』(*Hamlet*)과 함께 셰익스피어의 4대 비극으로 꼽히고 있는 『오셀로』는 다른 비극들과는 달리 국가나 사회보다 주인공 개인의 문제에 초점을 맞춘 가정비극이다. 『오셀로』에는 국가의 흥망성쇠를 가르는 정치문제나 존재에 관한 고뇌보다, 막장 드라마의 단골 메뉴 중 하나인 불륜에 대한 의심과 모략이 극의 흐름을 주도한다. 이러한 극의 분위기는 외적의 침략으로 인해 국가 비상사태임에도 불구하고 자신의 가정사로 인해 원로원 의원이라는 직분은 안중에도 없다는 브라반시오의 말에 잘 나타난다. 주인공도 왕이나 왕자, 공주가 아닌 직업 군인과 그의 아내로 다른 비극에 비해 비교적 보통 사람들이다. 플롯도 매우 단순하여 내용파악도 어렵지 않고 대사도 난해하지 않다. 등장인물의 수도 그리 많지 않으며 관계도 복잡하

〈1884년 토마스 W. 킨(Thomas W. Keene) 주연의 미국 공연 포스터〉

지 않다. 이런 이유로 인해 『오셀로』는 4대 비극 중 가장 규모가 작고 깊이가 없으며 압도적인 힘이 약하다는 평가를 받아온 것이 사실이다. 그러나 『오셀로』는 시대를 넘고 국경을 초월하여 무대 위에서 혹은 은막 위에서 다양한 『오셀로』로 재생산되면서 변함없이 관객의 사랑을 받아오고 있다.

그렇다면 단순한 플롯과 소박한 규모에도 불구하고 4대 비극으로서의 위상을

굳건히 지켜온『오셀로』의 힘은 무엇인가? 대중들이 쉽게 접근할 수 있는 가정비극이라는 측면도 무시할 수 없겠으나, 많은 비평가들은 이구동성으로 이 작품이 일찍이 아리스토텔레스(Aristoteles)가『시학』(*Poetics*)에서 주장한 바 있는 비극의 통일성, 즉 시간과 장소, 그리고 사건의 통일성을 철저히 준수하며 비극의 정수를 보여주기 때문이라고 말한다. 셰익스피어는 16세기의 베니스와 싸이프러스를 배경으로 갓 결혼한 새신랑인 오셀로가 어떻게 한순간에 사랑하는 아내를 살해하고 자살이라는 극단적인 선택을 하게 되는가를 단 3일간의 시간으로 압축하여 극화함으로써, 주인공의 비참하기 그지없는 운명에 대한 연민과 두려움을 격렬하게 유발시켜 비극의 중요한 효과인 카타르시스(catharsis)를 제공한다는 것이다. 이런 이유로 인해 M. R. 리들리는『오셀로』가 셰익스피어의 "가장 위대한 극은 아닐지 몰라도, 가장 최고의 극이다"(*Othello: The Arden Shakespeare*, xlv)고 평한 바 있다.

(2) 오셀로, 그 비극적 결함의 소유자

오셀로는 셰익스피어 비극의 그 어느 주인공 못지않게 비극적 결함을 지닌 인물이다. 그는 용맹스럽고 고귀한 품성을 지닌 전쟁 영웅으로 온몸에 찬사와 존경을 받지만, 아내의 불륜에 대한 터무니없는 의심과 질투에 빠져 한 순간에 어리석고 치졸하기 짝이 없는 의처증 환자로 전락하고 말기 때문이다. 물론 모든 인물들이 그를 영웅으로 평가하고 존경하는 것은 아니다. 오히려 극은 오셀로에 대한 부정적인 묘사와 평가로 시작된다. 그는 브라반시오 의원의 딸 데스데모나와 사랑의 도피를 한 사실이 발각

〈최초의 미국 흑인 오셀로
배우였던 폴 로브슨 주연
의 1943년 영화의 한 장면〉

되면서 "무어놈"으로 비하되며, 또한 파렴치하고 "비열한 도둑놈"으로 간주된다. 브라반시오의 신랄한 비난과 공격에 앞서 이아고와 로더리고는 그를 "도둑," "악마," "음탕한 무어놈," "입술 두꺼운 놈," "북아프리카 산 바르바리 말," "늙고 시커먼 숫양"으로 부르기도 한다. 그러나 베니스 사회에 깔려 있는 흑인에 대한 인종 차별과 적대감을 내포한 세 남자의 평가는 오셀로가 무대에 등장하여 입을 여는 순간 그들의 개인적인 이해관계가 반영된 편견과 오해, 그리고 음해라는 사실이 단번에 입증된다.

오셀로는 이미 베니스 공화국에 공헌한 바가 많음을 자타가 인정하는 뛰어난 군인이다. 뿐만 아니라 오셀로의 말에 따르면 그는 왕족의 후예이다. 실제로 솔직하고 침착하며 당당하고 기품어린 그의 언행은 왜 그가 세 남자를 제외한 모든 등장인물들에 의해 한결같이 "고귀한 무어인"으로 불리는가를 어렵지 않게 납득시켜준다. 그는 자신이 "거친 말투에, 친화력 있게 부드럽게 말하는 행운도 별로 얻지 못했다"(I. iii. 81-82)며 겸손하게 말을 꺼내지만, 사건의 발단이 된 자신의 도피 행각이 지고지순한 두 남녀의 순수한 사랑의 결실임을 어렵지 않게 설득시킨다. 오셀로의 이야기를 듣고 난 후 공작은 "만일 미덕에도 매혹적인 아름다움이 많다면, [오셀로야말로] 검은 피부보다 훨씬 더 아름답다"(I. iii. 289-290)며 오셀로의 진정한 가치를 인정한다. 브라반시오조차 딸과의 결혼을 인정할 수밖에 없게 된다.

〈영국 화가 찰스 웨스트 코프 (Charles West Cope)의 1873 년 작 "데스데모나와 오셀로와 함께 있는 브라반시오."〉

이토록 고귀한 성품의 오셀로가 한 순식간에 자신의 순수하고 숭고한 사랑을 살인으로 끝내버린다는 것은 충격적이다 못해 공포스럽기까지 하다. 오셀로는 어떻게 인종과 나이, 신분, 그리고 국경을 초월한 그들의 순수한 사랑을 의심하고, 손수건과 카시오의 웃음을 불륜의 증거로 확신하며, 자신의 목숨처럼 여기던 아내의 말보다 일개 기수의 말을 신뢰할 수 있을까? 그는 대포가 날아와 바로 옆에서 사병들을 날려 버려도 조금도 동요하지 않았을 정도로 침착했던 남자가 아니었던가? 로도비코의 말을 빌리자면, 그의 고귀한 천성은 "흥분해도 동요하지 않고" "견고한 미덕은 그 어떤 우발적인 사건의 창으로도, 그 어떤 위협의 화살로도 과녁을 스치거나, 뚫을 수 없다"(IV. i. 261-264)고 하지 않았던가? 그러한 오셀로가 이아고의 세치 혀에 넘어가 끊임없이 의심하고 또 질투라는 격정에 휩싸여 고통스럽게 절규하며 발작까지 일으킬 때, 그리고 끝내 억울하기 그지없는 아내의 애원을 매몰차게 뿌리치고 자제심을 잃은 채 그녀를 살해하는 "성급하고도 참으로 불행한 남자"(V. ii. 284)로 전락하고 말 때, 관객은 인간의 어리석음과 사랑의 허망함에 연민과 공포를 금치 못한다. 사랑이 어떻게 변하는가의 진부한 의문을 넘어, 도대체 사랑은 무엇인가의 본질적이고 원초적인 질문에 맞닥뜨리게 된다.

오셀로의 비극은 데스데모나를 살해하는 장면에서뿐만 아니라 그가 자살하는 장면에서 극적인 순간을 맞이하는데, 예상치 못한 그의 자살은

〈프랑스 화가 알렉상드르 마리 콜랭(Alexandre Marie Colin)의 1829년 작 "오셀로와 데스데모나."〉

카시오를 비롯한 무대 위의 인물들은 말할 것도 없이 객석의 관객들에게도 커다란 충격과 공포로 다가오며 비극의 페이소스(pathos)를 더한다. 특히 오셀로는 자살하기 직전 자신은 증오 때문이 아니라 그저 명예 때문에 아내를 살해한 것이라고 강조하면서 자신을 "명예로운 살인자"로 명명하는데, 그의 마지막 연설은 자신의 죄를 인정하고 참회하는 측면도 있지만 한편으로는 자기 합리화와 정당화를 하는 경향이 없지 않아서 비평가들의 갑론을박이 이어지고 있다. 대표적으로 A. C. 브래들리(A. C. Bradley)는 새뮤얼 테일러 콜리지(Samuel Taylor Coleridge)와 함께 그것을 고귀하고 위엄 있는 행위로 평가한다. 반면에 F. R. 리비스(F. R. Leavis)는 자기기만이라고 평가 절하한다. T. S. 엘리엇(T. S. Eliot) 역시 오셀로의 말이 자화자찬을 하는 것으로 들린다면서, 그가 관객을 감쪽같이 속이며 자신을 애처로운 인물로 형상화하는데 성공한다고 비판한다. 그러나 오셀로의 마지막 연설과 자살이 어떻게 해석되든지 간에 그것은 오셀로로 하여금 어리석기 짝이 없는 살인자로 전락하지 않고 비극적 영웅으로 탈바꿈할 수 있게 하는 결정적인 요소, 즉 "성격적 결함"(hamartia)을 보여주는 것이기에 관객의 연민과 두려움을 가중시키기에 충분하다.

(3) 도무지 알 수 없는 이아고

오셀로의 비극이 주는 충격과 공포는 셰익스피어가 만들어낸 최고의 악인인 이아고의 사악함으로 인해 배가 된다. 특이하게도 『오셀로』에는 주인공 못지않게 중요한 제 2의 주인공인 이아고가 존재하는데, 실제로 이아고의 대사는 주인공인 오셀로의 대사보다 약 6% 가량 많은 부분을 차지한다.[2] 이런 이유로 인해 『오셀로』가 처음으로 무대에 올려진 이래로 수많은 비평가들은 오셀로를 비극으로 몰고 가는 이아고에게 관심을 쏟아왔으며 그의 동기에 대해 끊임없이 고민하고 분석해왔다.

도대체 무슨 까닭에 이아고는 오셀로로 하여금 결백한 데스데모나를 남편을 배신하고 카시오와 몰래 바람을 핀 부정한 여인으로 확신하게 만들며, 또 그녀를 오로지 자신의 상상력으로 만들어낸 질투라는 괴물의 희생양으로 바치게 만들고 마는가? 이아고가 스스로 밝히듯이 오셀로가 자신을 제치고 카시오를 부관으로 삼았기 때문인가, 혹은 오셀로가 자신의 아내와 부정을 저질렀다고 믿었기 때문인가? 남의 가정을 풍비박산이 나게 하는 이아고의 모략은 불구대천지원수간의 일이 아니고서야 납득하기 어려운 것이기에, 일찍이 콜리지는 이아고를 "동기 없는 악의"를 지닌 악인이라고 평가한 바 있다. 사실 모든 등장인물들에 의해 "정직한 이아고"로 불리는 이아고는 전혀 정직하지 않은 이중인격자이며, 여성에 대한 혐오감으로 가득 찬 의처증 환자요 피해망상증 환자이고, 끊임없이 계략을 구상하고 거리낌 없이 악행을 실행하는 타고난 악인이다. 이렇듯 도무지 알 수 없는 이아고의 존재야말로 오셀로의 비극을 더욱 공포스럽

---

2. Emma Smith, *The Cambridge Shakespeare Guide*. New York: Cambridge UP., 2012, p 138. 주요 등장인물의 대사 비율을 보면 이아고가 31%, 오셀로가 25%, 데스데모나가 11%, 카시오가 8%를 차지하고 있다.

게, 그리고 더욱 비극적으로 만드는 핵심 중의 핵심이다.

(4) 데스데모나, 그 존재의 미미함

〈도미니카공화국 화가 테오도르 샤세리오(Théodore Chasseriau)의 1850년 작 "베니스의 오셀로와 데스데모나."〉

이아고와 비교가 되지도 않고 또 다른 맥락이기는 하지만 셰익스피어는 데스데모나 역시 매우 이중적으로 그리고 있다. 극의 전반부에 그녀는 시대를 앞서가는 매우 적극적이고 당당한 신여성이지만 극이 발전함에 따라 지극히 소극적이고 나약한, 가부장 사회의 전형적인 여성으로 돌변하기 때문이다. 1막에서 그녀는 아버지 몰래 오셀로와 사랑의 도피 행각을 마다하지 않을 정도로 당돌하며, 공작 앞에서는 남편과 헤어질 수 없다는 소신을 분명히 밝히면서 남편을 따라 전쟁터로 향할 정도로 용감하다. 그녀가 "황제 곁에 누워서, 그에게 할 일을 명하고도 남을 여자"(IV. I. 180-181)라는 오셀로의 말에서도 알 수 있듯이, 그녀는 오셀로 못지않게 당찬 여성이다. 나이에 걸맞지 않게 세상이 돌아가는 이치와 세태도 파악하고 있어서 오셀로를 선택한 자신의 행동이 베니스 사회의 규범을 깨뜨린 것이며 "운명을 조롱하는" 행동임을 잘 알고 있다. 그렇다고 해서 그녀가 오만하거나 약삭빠른 것은 아니다. 카시오와의 관계를 통해서도 알 수 있듯이 인정도 넘치고 의리도 남다르다. 무엇보다도 오셀로를 사랑하게 된 이유가 그의 마음에서 그의 진실된 얼굴을 봤기 때문이라고 고백하듯이, 그녀야말로 이 작품에서 가장 순수하고 진실된 인물이다.

그러나 후반부의 데스데모나의 모습은 전반부의 그녀와 동일 인물인 지 의문이 갈 정도로 너무나 낯설다. 그녀는 이아고의 계략이 효과를 발 휘할수록, 그리고 오셀로의 의심과 비난이 더해갈 수록 적극적이고 당차 던 본연의 모습을 잃고 그저 수동적이고 무기력하기만 하다. 그녀는 창 녀로 취급당하면서도 적극적으로 해명하거나 반박하지 않으며 돌변한 오셀로의 태도를 남자들의 일반적인 속성으로 치부하는 판단의 오류를 범한다. 5막 1장에서는 세상물정을 정확히 파악하고 있는 에밀리아와 비 교되면서 순진하기 그지없는 어린 아이로 전락하고 만다. 심지어 자신을 죽음으로 몰아간 오셀로를 보호하기 위하여 자신을 탓하고, 억울함을 호 소하면서도 그의 죄를 덮는다. 한마디로 개연성을 잃고 만다. 이 같은 데 스데모나의 변화는 어쩌면 이성적으로는 납득할 수 없는 사랑의 속성으 로 해석될 수도 있겠으나, 어느 면에서는 여성에 대한 남성작가의 일방 적인 환상이 작용한 결과이기도 하다. 과연 셰익스피어가 페미니스트가 될 수 있을지 의문을 갖게 하는 점이다.

4. 공연

『오셀로』는 시대와 무관하게 대중의 인기를 한 몸에 받으며 꾸준히 공연되는 셰익스피어의 작품 중 하나다. 또한 셰익스피어의 많은 극들이 왕정복고 시대와 18세기동안 개작되어 공연되지만 『오셀로』는 원작 그 대로 공연된 몇 안 되는 작품 중의 하나다. 물론 연출가에 따라 주요 인 물에 대한 해석의 변화가 보인다. 특히 오셀로의 정체성, 무엇보다도 그가 어느 정도로 순수한 흑인인가, 즉 흑인인지 아랍계인지 하는 인종에 대한 문제가 중요한 해석의 잣대로 작용한다. 이아고와의 관계역시 마찬가지다. 또한 데스데모나의 성격이나 비중에 대해서도 해석이 변하고 있다. 인종주의나 동성애, 페미니즘 등 시대정신이나 시대 변화가 반영되고 있다는 의미다.

〈최초의 오셀로 배우였던 리처드 버비지〉

〈데스데모나 역을 맡은 최초의 여배우 마거릿 휴즈〉

〈오셀로 역을 맡은 최초의 흑인 배우 아이러 맬드리지〉

『오셀로』는 연극뿐만 아니라 영화와 텔레비전 극, 오페라 등 다양한 문학 장르로도 각색된다. 1887년 이탈리아 작곡가 주세페 베르디(Giuseppe Verdi)는 이 극을 오페라로, 1986년 이탈리아 영화감독 프랑코 체피렐리(Franco Zeffirelli)는 오페라 영화로 만든다. 뿐만 아니라 최초의 오셀로 배우였던 리처드 버비지(Richard Burbage)를 필두로, 최초의 흑인 오셀로 배우로 기록되는 아이러 맬드리지(Ira Aldridge), 최초의 미국 흑인 오셀로 배우였던 폴 로브슨(Paul Robeson), 데스데모나 역을 맡은 최초의 여자 배우 마거릿 휴즈(Margaret Hughes) 등 뛰어난 배우를 탄생시키기도 한다.

〈올슨 웰스가 감독과 주연을 맡은 1951년 영화〉

1895년 뤼미에르(Lumière) 형제에 의해 최초의 영화가 탄생한 이후 수많은 <오셀로> 영화가 만들어진다. 그 중 1952년 미국의 올슨 웰스(Orson Welles)가 주연, 감독을 겸한 흑백영화는 1951년의 연극 공연을 영화로 만든 작품이다. 제작비 부족으로 인해 4년간 여러 곳을 전전하며 완성한 것으로 유명할 뿐만 아니라 칸 영화제에서 황금종려상을 수상하며 주목을 받는다. 1965년 영국출신의 스튜어트 버지(Stuart Burge) 감독의 <오셀로> 역시 연극을 영화로 만든 작품이다. 그 유명한 셰익스피어 극의 명배우 로렌스 올리비에(Laurence Olivier)가 오셀로를 맡아 열연하지만 지나친 흑인 분장으로 인해 평가는 발표 당시보다

〈오셀로 분장을 한 로렌스 올리비에〉

못하다. 나약한 바비인형 같은 여배우 역시 현실감이 떨어진다. 1990년 영국의 왕립셰익스피어극단(Royal Shakespeare Company)의 예술감독인 트레버 넌(Trevor Nunn)이 감독을 맡고 흑인 오페라 가수였던 윌러드 화이트(Willard White)가 오셀로 역을, 이언 맥켈런(Ian McKelleen)이 이아고 역을 맡아 열연한 <오셀로>는 1989년의 왕립셰익스피어극단

〈1995년 영화의 오셀로와 이아고〉

공연을 텔레비전 영화로 만든 작품이다. 특이하게도 미국 독립전쟁을 배경으로 하고 있다. 최근의 작품 중에는 1995년 영화 <메트릭스>의 배우로도 유명한 미국의

흑인 배우 로렌스 피쉬번(Laurence Fishburne)이 오셀로 역을 맡았던 올리버 파커(Oliver Parker) 감독의 영화가 돋보인다. 실제 베니스에서 촬영되었다.

우리나라에서 『오셀로』는 영국에서의 초연 후 약 347년이 지난 1950년에야 오화섭의 번역과 박노경의 연출로 여인소극장에 의해 현재는 명동예술극장인 시공관에서 처음으로 소개된다.[3] 셰익스피어의 다른 희극에 비해 사뭇 늦은 초연에도 불구하고 이후 주로 『오델로』 혹은 간혹 『흑진주』(1961년 임춘앵 여성국극단)나 『이아고의 슬픈 고백』(1978년 이영식일인극)이라는 제목으로 전문 극단과 대학에서 꾸준히 무대에 올려진다. 또한 올슨 웰스의 1952년 영화 <오셀로>가 1959년 시네마 코리아 극장에서 상영되고, 1960년에는 베르디의 오페라 『오셀로』가 국내에서도 초연되며, 1996년에는 국립무용단이 춤극으로 『오델로』를 무대에 올리는 등 다양한 장르의 『오셀로』가 지속적으로 우리나라의 관객을 만나고 있다.

---

3. 신정옥, 『셰익스피어 한국에 오다』. 서울: 백산출판사, 1998. pp. 276-278.

셰익스피어 생애 및 작품 연보

셰익스피어의 생애와 작품의 집필연대 중 일부는 비교적 정확히 기록되어 있는 자료에 의존할 수 있지만, 대부분은 막연한 자료와 기록의 부족으로 그 시기를 추정할 수밖에 없으며, 특히 작품 연보의 경우 학자들에 따라 순서나 시기에 차이가 있음을 밝힌다.

1564   잉글랜드 중부 소읍 스트랫포드 어폰 에이번Stratford-upon-Avon 출생(4월 23일). 가죽 가공과 장갑 제조업 등 상공업에 종사하면서 마을 유지가 되어 1568년에는 읍장에 해당하는 직high bailiff을 지낸 경력이 있는 존 셰익스피어와, 인근 마을의 부농 출신으로 어느 정도 재산을 상속받은 메리 아든Mary Arden 사이에서 셋째로 출생. 유복한 가정의 아들로 유년시절을 보냄.

1571   마을의 문법학교Grammar School에 입학했을 것으로 추정.

1578   문법학교를 졸업했을 것으로 추정. 졸업 무렵 부친 존은 세금도 내지 못하고 집을 담보로 40파운드 빚을 냄.

1579   부친 존이 아내가 상속받은 소유지와 집을 팔 정도로 가세가 갑자기 어려워짐.

1582   18세에 부농 집안의 딸로 8년 연상인 26세의 앤 해서웨이Anne Hathaway와 결혼(11월 27일 결혼 허가 기록).

1583   결혼 후 6개월 만에 맏딸 수잔나Susanna 탄생(5월 26일 세례 기록).

1585   아들 햄넷Hamnet과 딸 쥬디스Judith(이란성 쌍둥이) 탄생(2월 2일 세례 기록).

1585~1592	'행방불명 기간'lost years으로 알려진 8년간의 행방에 관한 자료가 거의 없음. 학교 선생, 변호사, 군인 혹은 선원이 되었을 것으로 다양하게 추측. 대체로 쌍둥이 출생 이후 어떤 시점(1587년)에 식구들을 두고 런던으로 상경하여 극단에 참여, 지방과 런던에서 배우이자 극작가로서 경험을 쌓았을 것으로 추측.
1590~1594	1기(습작기): 주로 사극과 희극 집필.
1590~1591	초기 희극『베로나의 두 신사』(*The Two Gentlemen of Verona*) 『말괄량이 길들이기』(*The Taming of the Shrew*)
1591	『헨리 6세 2부』(*Henry VI, Part II*)(공저 가능성) 『헨리 6세 3부』(*Henry VI, Part III*)(공저 가능성)
1592	『헨리 6세 1부』(*Henry VI, Part I*)(토머스 내쉬Thomas Nashe 와 공저 추정) 『타이터스 안드로니커스』(*Titus Andronicus*)(조지 필George Peele과 공동 집필/개작 추정)
1592~1593	『리처드 3세』(*Richard III*)
1592~1594	봄까지 흑사병 때문에 런던의 극장들이 폐쇄됨.
1593	「비너스와 아도니스」(*Venus and Adonis*)(시집)
1594	「루크리스의 강간」(*The Rape of Lucrece*)(시집) 두 시집 모두 자신이 직접 인쇄 작업을 담당했던 것으로 추정되며, 사우샘프턴 백작The third Earl of Southampton에게 헌사하는 형식. 챔벌린 극단Lord Chamberlain's Men의 배우 및 극작가, 주주로 활동.
1593~1603 및 이후	『소네트』(*Sonnets*)

1594	『실수 연발』(*The Comedy of Errors*)
1594~1595	『사랑의 헛수고』(*Love's Labour's Lost*)

1595~1600	2기(성장기): 낭만희극, 희극, 사극, 로마극 등 다양한 장르 집필.
1595~1596	『로미오와 줄리엣』(*Romeo and Juliet*)
	『리처드 2세』(*Richard II*)
	『한여름 밤의 꿈』(*A Midsummer Night's Dream*)
	『존 왕』(*King John*)
1596	아들 햄넷 사망(11세, 8월 11일 매장).
	부친의 가족 문장 사용 신청을 주도하여 허락됨(10월 20일).
1596~1597	『베니스의 상인』(*The Merchant of Venice*)
	『헨리 4세 1부』(*Henry IV, Part I*)
	스트랫포드에 뉴 플레이스 저택Great House of New Place 구입
	(마을에서 두 번째로 큰 저택으로 런던 생활 후 은퇴해서 죽
	을 때까지 그곳에 기거).
1598	벤 존슨Ben Jonson의 희곡 무대에 출연.
1598~1599	『헨리 4세 2부』(*Henry IV, Part II*)
	『헛소동』(*Much Ado About Nothing*)
	『헨리 5세』(*Henry V*)
1599	시어터 극장The Theatre에서 공연하던 셰익스피어의 극단이 땅
	주인의 임대계약 연장을 거부하자 '극장'을 분해하여 템즈강
	남쪽 뱅크사이드 구역으로 옮겨 글로브 극장The Globe을 짓고
	이곳에서 공연. 지분을 투자하여 극장 공동 경영자가 됨.
1599~1600	『줄리어스 시저』(*Julius Caesar*)
	『좋으실 대로』(*As You Like It*)

1601~1608	3기(원숙기): 주로 4대 비극작품이 집필, 공연된 인생의 절정기
1600~1601	『햄릿』(*Hamlet*)
	『윈저의 즐거운 아낙네들』(*The Merry Wives of Windsor*)
	『십이야』(*Twelfth Night*)
1601	「불사조와 거북」(*The Phoenix and the Turtle*)(시집)
	아버지 존 사망(9월 8일 장례).
1601~1602	『트로일러스와 크레시다』(*Troilus and Cressida*)
1603	엘리자베스 여왕 사망(3월 24일). 추밀원이 스코틀랜드의 제임스 6세를 잉글랜드의 제임스 1세로 선포.
	제임스 1세 런던 도착(5월 7일) 후 셰익스피어 극단 명칭이 챔벌린 경의 극단에서 국왕의 후원을 받는 국왕 극단King's Men으로 격상되는 영예(5월 19일).
	제임스 1세 즉위(7월 25일).
1603~1604	『자에는 자로』(*Measure for Measure*)
	『오셀로』(*Othello*)
1605	『끝이 좋으면 모두 좋다』(*All's Well That Ends Well*)
	『아테네의 타이먼』(*Timon of Athens*)(토머스 미들턴Thomas Middleton과 공동작업)
1605~1606	『리어 왕』(*King Lear*)
1606	『맥베스』(*Macbeth*)
	『안토니와 클레오파트라』(*Antony and Cleopatra*)
1607	딸 수잔나, 성공적인 내과의사인 존 홀John Hall과 결혼(6월 5일).
1607~1608	『페리클레스』(*Pericles*)(조지 윌킨스George Wilkins와 공동작업)
	『코리올레이너스』(*Coriolanus*)

1608~1613	제4기: 일련의 희비극 집필.
1608	셰익스피어 극장이 실내 극장인 블랙프라이어스Blackfriars 극장을 동료배우들과 함께 합자하여 임대함(8월 9일). 어머니 메리 사망(9월 9일 장례).
1609	셰익스피어 극장이 블랙프라이어스 극장 흡수, 글로브 극장과 함께 두 개의 극장 소유.
1609~1610	『심벌린』(*Cymbeline*)
1610~1611	『겨울 이야기』(*The Winter's Tale*) 『태풍』(*The Tempest*)
1611	고향 스트랫포드로 돌아가 은퇴 추정.
1613	『헨리 8세』(*Henry VIII*)(존 플레처John Fletcher와 공동작업설) 『헨리 8세』 공연 도중 글로브 극장 화재로 전소됨(6월 29일).
1613~1614	『두 귀족 친척』(*The Two Noble Kinsmen*)(존 플레처와 공동작업)
1614~1616	말년: 주로 고향 스트랫포드의 뉴 플레이스 저택에서 행복하고 평온한 삶 영위.
1616	둘째 딸 쥬디스, 포도주 상인 토마스 퀴니Thomas Quiney와 결혼(2월 10일). 쥬디스의 상속분을 퀴니가 장악하지 않도록 유언장 수정(3월 25일). 스트랫포드에서 사망(4월 23일. 성 삼위일체 교회 내에 안장).
1623	『페리클레스』를 제외한 36편의 극작품들이 글로브 극장 시절 동료 배우 존 헤밍John Heminge과 헨리 콘델Henry Condell이 편집한 전집 초판인 제1이절판으로 출판됨. 아내 앤 해서웨이 사망(8월 6일).

옮긴이 **이영주**
서강대학교 영어영문학과를 졸업하고 동 대학원에서 석사 및 박사학위를 받았다. 현재 장안대학교 영어과 교수로 재직 중이다.

역서로는 유진 오닐의 『불출들의 달』과 아이스킬로스의 『아가멤논』이 있으며 저서로는 공저인 『영국 르네상스 드라마의 세계』, 『뉴 밀레니엄시대의 영미 극작가 동향』, 『미국현대드라마: 수전글래스펄부터 마가렛 에드슨까지』, 『21세기 영미희곡, 어디로 가는가?』, 『퓰리처상을 통해 본 현대 미국연극』 등이 있다.

논문으로는 「브라이언 프리엘의 *Dancing at Lughnasa*: 여성을 통한 아일랜드적 특수성과 보편성 다시 읽기」, 「『탬벌레인 대왕』: 르네쌍스 휴머니즘 정신과 그 딜레마」, 「*A Moon for the Misbegotten*에 나타난 조시의 이중성 해부: 자전적 측면에서」, 「알프레드 유리 극의 남부와 인종주의: *Driving Miss Daisy*와 *The Last Night of Ballyhoo*를 중심으로」, 「셰익스피어와 르네상스 극에 나타난 남녀 마법사의 재현의 차이와 그 의미」, 「*The Goat, or Who Is Sylvia?*와 올비의 성담론」 등 다수가 있다.

오셀로

초판 발행일 2016년 6월 10일

옮긴이 이영주
발행인 이성모
발행처 도서출판 동인
주 소 서울시 종로구 혜화로3길 5 118호
등 록 제1-1599호
TEL (02) 765-7145 / FAX (02) 765-7165
E-mail dongin60@chol.com
ISBN 978-89-5506-715-6
정 가 11,000원

※ 잘못 만들어진 책은 바꿔 드립니다.